# EVERYTHING, EVERYTHING

## わたしと世界のあいだに

Jacket art by Good Wives and Warriors
Interior illustrations by David Yoon
Childhood diary entry hand-lettered by Mayrav Estrin
Produced by Alloy Entertainment, LLC

This translation is published by arrangement with Rights People, London
and Japan UNI Agency Inc., Tokyo

日本語版デザイン　藤田知子

私の心をあらわにしてくれた、
夫デービッド・ユンへ
そして私の心を大きくしてくれた、
お利口さんのかわいい娘ペニーへ

「秘密を教えてあげるよ。単純そのものなんだけどね。物事をはっきりと見るには、心で見るしかないんだよ。肝心なことはなんであれ、目には映らないものだから」

アントワーヌ・ド・サン=テグジュペリ著『星の王子さま』

# 白い部屋

私は読書量ではだれにも負けない。読書自慢の人がいても関係ない。まちがいなく私のほうが上だ。なにせ昔から、読書の時間はたっぷりある。

私の部屋は白い。壁も白、本棚も白くてピカピカだ。色がついているのは、本の背表紙だけ。本はすべて新刊のハードカバー。細菌だらけのソフトカバーの古本なんてありえない。外の世界の本は、すべて消毒し、ビニールで真空パックされてから、私の部屋に持ちこまれる。

消毒と真空パックをする機械を見てみたい。一冊ずつ白いコンベヤーに乗せられて、長方形の白い作業台に運ばれていくのだろう。そして私の元に持ちこめる状態になるまで、ロボットの白いアームがほこりをはらい、こすり、空気を噴射して、徹底的に殺菌消毒する。

こうして新しい本がとどくと、まずはビニールの包装をやぶく。ハサミと爪を使ってやぶき、いつも複数の爪が割れる。

次に、表紙の裏側に名前を書く。

持ち主：マデリン・ホイッティア

なぜ、わざわざ名前を書くのか、自分でもよくわからない。家にいるのは、読書とは無縁のママと、私が呼吸しているかどうか、ずっと監視しなくてはならず、読書などしていられない看護師のカーラだけ。だれも訪ねて来ないから、本を貸す相手などいないのに。本棚に置きっぱなしの本は私から借りている本だと、気づかせる相手もいないのに。

この本を見つけた人への謝礼（希望する項目すべてに要チェック）

この謝礼の箇条書きが、一番手間がかかる。本によって内容を変えているからだ。たとえば、ロマンチックな内容のときは——。

＊澄みきった夏の青空のもと、ヒナゲシと、ユリと、まだら模様のマリーゴールドが咲きほこる花粉だらけの野原で、私（マデリン）とピクニックに行く。

＊大嵐のさなかに、大西洋の真ん中にある灯台で、私（マデリン）とお

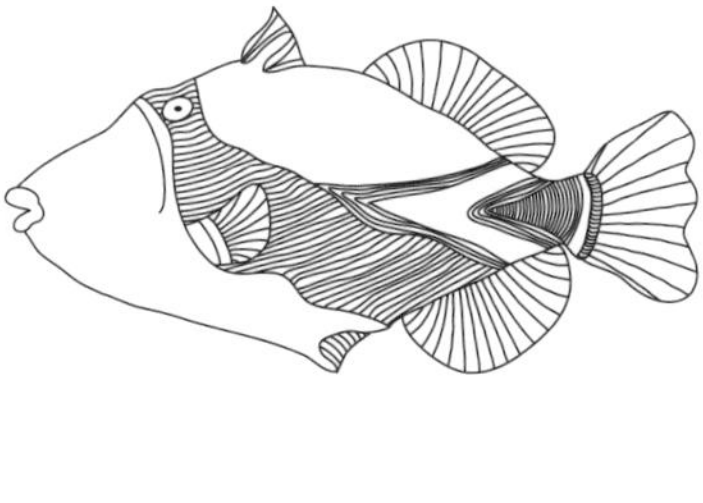

茶を飲む。

*モロキニ島沖でハワイ州の魚フムフムヌクヌクアプアアを見つけるために、私（マデリン）とシュノーケルで潜る。

ロマンチックじゃない内容のときは——。

*私（マデリン）と古書店に行く。

*私（マデリン）と、すぐ近所を一ブロック散歩してもどってくる。

*私（マデリン）の白い寝室で、白いソファに座って、お望みの話題で短い会話をかわす。ときには、一言で終わることもある。

*私（マデリン）

## SCID（重症複合型免疫不全症）

私の病気は有名な難病だ。ＳＣＩＤ——重症複合型免疫不全症——の一種だけど、〝バブルベビー症〟といったほうが通じるだろう。

一言で言うと、あらゆる物に対してアレルギー反応をしめす病気だ。なにが発作《ほっさ》の引き金になるか、わからない。テーブルをふいた布巾に含まれていた化学物質かもしれないし、だれかの香水や、食べ物に使われたスパイスかもしれない。そのどれかか、すべてか、すべて

看護
日誌

マデリン・ホイッティア

看護日誌

五月二日

日付

ポーリーン・ホイッティア医師

介護者

0002921

# 室温

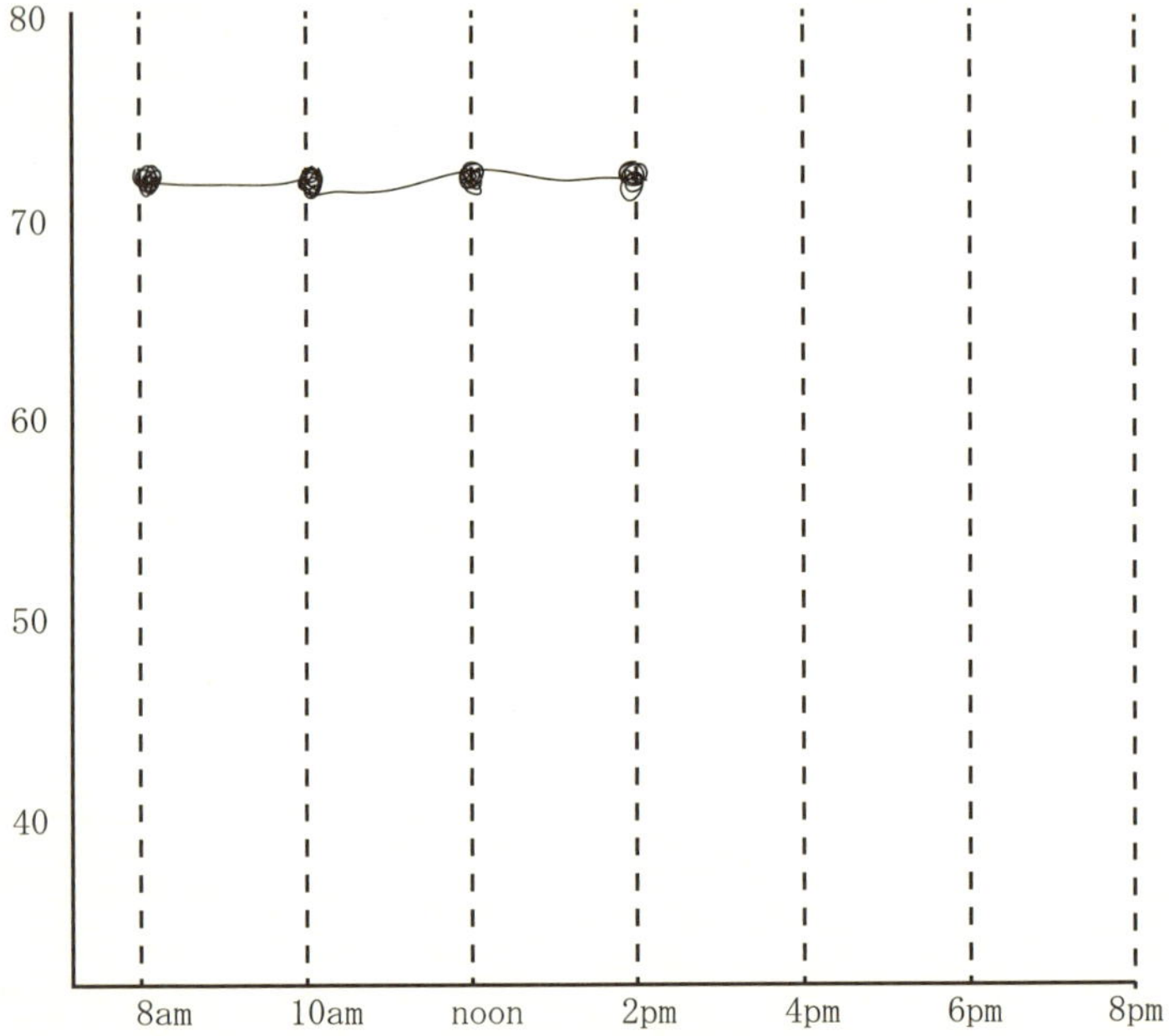


0002921

一分あたりの呼吸数

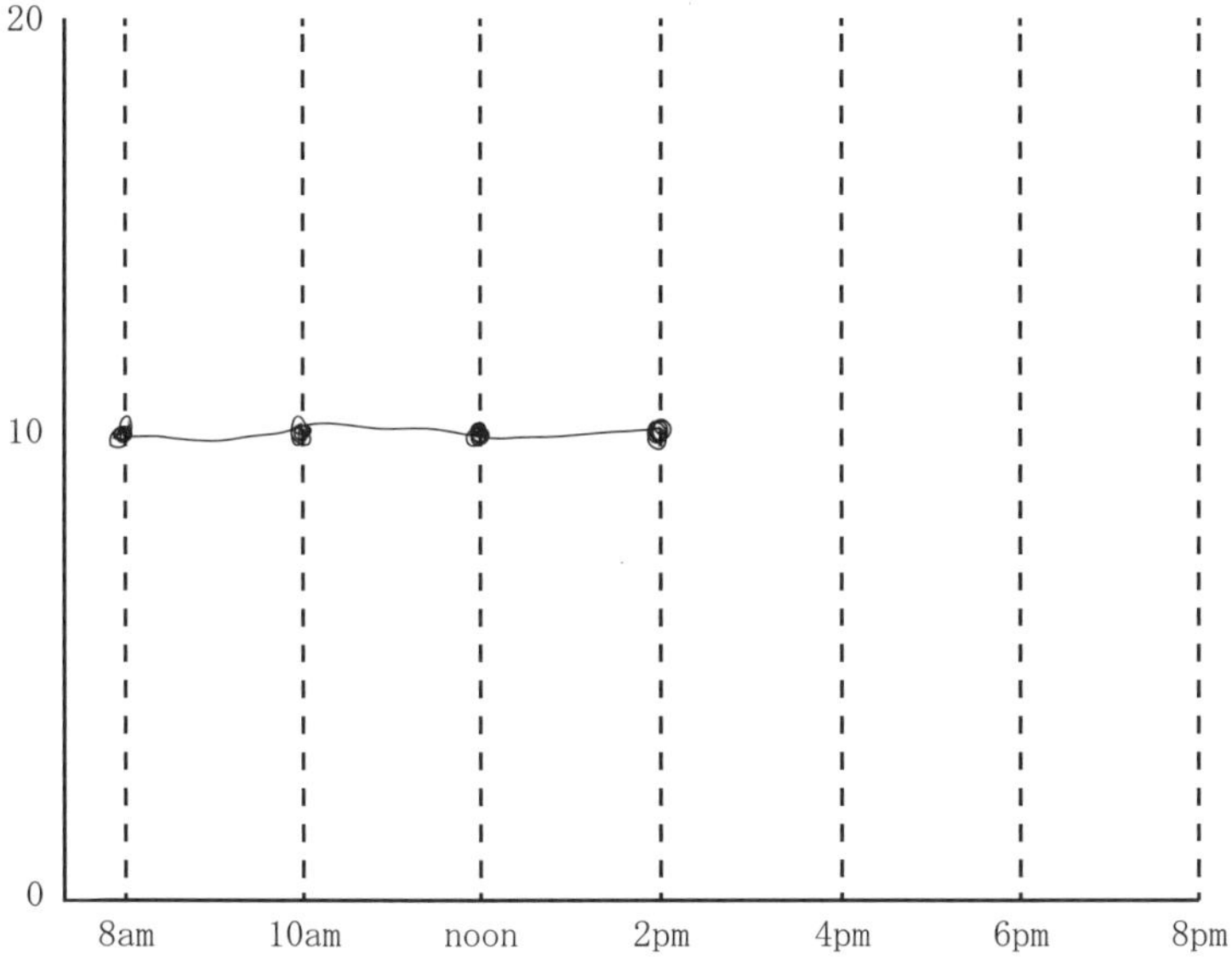


0002921

エアフィルターの状態

| | |
|---|---|
| 8am | OK |
| 9am | OK |
| 10am | OK |
| 11am | OK |
| 12pm | OK |
| 1pm | OK |
| 2pm | OK |
| 3pm | |
| 4pm | |
| 5pm | |
| 6pm | |
| 7pm | |
| 8pm | |

0002921

外れで、まったくちがう物質かもしれない。

ＳＣＩＤは原因不明だけど、症状は広く知られている。ママによると、私は赤ちゃんのころ、死にかけたことがあるらしい。だからいまも無菌室にとじこもって、家から一歩も出ない。

これまで十七年間、そんな生活がつづいている。

# BRTHDAE UISH（バースデー・ウィッシュ）

「夕食の後はムービーナイトにする？　オナー・ピクショナリー？　それとも、ブッククラブ？」

私の腕に巻いた血圧測定用のベルトをふくらませながら、ママがたずねてくる。

あれ？　夕食後のゲームでママが一番好きなのは、フォネティック・スクラブルのはずなのに？

顔をあげると、ママの目はすでに笑っていた。

「フォネティックがいいわ、ママ」

ママはベルトをふくらませるのをやめた。いつもなら専属看護師のカーラが血圧を測って看護日誌をつけるのだけど、今日はママから休みをもらっていた。

今日は、私の誕生日。誕生日は、いつもママとふたりだけで過ごしている。

私の心音を聴くために、ママが聴診器をつけた。ママの顔から笑みが消え、真剣な医者の顔に変わっていく。患者さんたちに見せているのは、この顔だ。少しよそよそしくて、プロフェッショナルで、心配そうな表情――。患者さんたちは、この顔を見てほっとするもの？

ママ、目の前にいるのは私よ。ママのお気に入りの患者で、実の娘の私だってば！

衝動的に、ママの額《ひたい》に軽くキスした。

ママがとじていた目をあけて、にこっとし、私のほおをなでる。

二四時間看護が必要な病気持ちの子の場合、母親が主治医なのはとても心強い。

数秒後、ママは患者さんに悪い知らせを伝えるときの深刻な表情をよそおって、言った。

「今日は、あなたの記念すべき日よ。あなたが勝てそうなゲームにしない？　オナー・ピクショナリーはどう？」

一般的なピクショナリーのゲームは二名では遊べないので、ママといっしょにオナー・ピクショナリーを発明した。片方がヒントの絵を描き、もう片方が名誉《オナー》にかけて答えを真剣に連想する。もし連想が当たったら、絵を描いた方の得点になる、というルールだ。

私はママを見つめた。「ううん、フォネティックがいい。今回は勝ってみせるわよ」

自信たっぷりに言いきったものの、勝てる見込みはなかった。フォネティック・スクラブルというのは、音声で単語をつづる〝当て字版クロスワードパズル〟。もう何年もママと対戦してきたけれど、一度も勝ったためしがない。前回は惜しかった。あと一歩だったのに、得点が三倍になる最後のコマで、ママにＪＥＥＮＺ（ジーンズ）という単語をひねりだされて、完敗した。

ママは、わざと気の毒そうな顔をして首を横にふった。「しかたないわね。あなたがそう言うのなら」

そして笑いをふくんだ目をとじて、聴診器の音に神経を集中した。


午前中は、誕生日恒例のバニラスポンジケーキを焼いた。焼きあがったケーキが冷めると、スポンジがかろうじてかくれるていどに、薄くバニラクリームを塗っていく。ママも私も好きなのはケーキのほうで、クリームにはこだわらない。そのあと表面にクリームで花びらも芯も白いヒナギクを十八個描き、側面はひだのついたカーテン模様で飾った。

最後の仕上げをしていると、ママが私の肩ごしにのぞきこんで言った。「まあ、完璧じゃない。あなたもケーキも完璧よ」

ふりかえったら、ママは満面に笑みをうかべて、誇らしげに私を見ていた。けれど、その目は涙で光っていた。

「んもう、ママったら、悲劇のヒロインね」

私はそう言うと、ママの鼻をめがけて、クリームの絞り袋をぎゅっとしぼった。ママは声をあげて笑い、さらに泣いた。

ふだんのママはあまり感情を表に出さないのに、私の誕生日だけは、いつもはしゃいで涙もろくなる。

ママがはしゃいで涙もろくなると、私もはしゃいで涙もろくなる。

ママは、困った顔をして両手を宙にあげた。「そうよね。ほんと、情けないわ」

そして私を引きよせて、ぎゅっと抱きしめた。ママの鼻のクリームが、私の髪の毛にくっついた。


私の誕生日になると、私もママも難病の存在を強く意識する。また一年間、無事に生きられたという思いが、そうさせるのだろう。

治る見込みのない難病の一年間。

自動車の仮免許やファーストキス、学年末のダンスパーティー、初めての失恋、初の自動車接触事故といった、ふつうのティーンエイジャーが体験することを、すべて体験しないままの一年間。

ママが、医者の仕事と私の世話に追われるだけの一年間。

日々のいろいろな制約も、ふだんはそれほど気にしないでいられるけれど、誕生日だけは別だ。

とくに今年の誕生日は、例年よりもつらかった。たぶん十八歳になったからだろう。十八歳といえば、法律上は大人。独立して大学に進学する年齢だ。母親ならば、巣立っていく娘を前に、空《から》の巣症候群を恐れていてもおかしくない。

けれどＳＣＩＤという難病のせいで、私はどこにも行く予定がない。


夕食後、何カ月も前から欲しい物リストにあげていた美しい水彩色鉛筆のセットを、ママからプレゼントされた。

ママといっしょにリビングに移動して、コーヒーテーブルの前に足を組んで座った。これも誕生日の決まりごとだった。ママがケーキの真ん中にロウソクを一本立てて、火をつける。私は目をとじて、願いごとをしてから、そのロウソクを吹き消すのだ。

目をあけたとたん、「なにをお願いしたの？」とママにたずねられた。

本音を言うと、望みはひとつしかない。夢の治療法が見つかって、野生動物のように外を飛びまわれるようになりますように――。でも不可能だから、そんな願いごとはぜったいにしない。人魚と竜と一角獣がこの世に存在しますように、と願うようなものだから。

かわりに、夢の治療法よりも実現しそうな願いごとにする。ママも私も悲しくならない願いごとだ。

「世界平和よ、ママ」

ケーキを三切れ食べてから、フォネティック・スクラブルをした。今回もママに負けた。接戦にすらならなかった。

ママはアルファベットが一文字ずつ書かれた手持ちのカード七枚を全部、〝S〟の左どなりにならべて、〝POKALIPS〟という単語をひねりだした。

「なに、それ?」

「アポカリプスよ、アポカリプス」ママは目を輝かせている。

「だめよ、ママ。だめだめ。みとめない」

「OKよ」

「アポカリプスなら、一番左にAがいるでしょ。だめ!」

ママは自分がひねりだした造語のほうへ手をふりながら、思わせぶりに言った。

「ポカリプス……うん、いいじゃない。OKよ」

私が首をふっても、「ポ・カ・リ・プ・ス」と、一音ずつゆっくりと強調して、OKだとゆずらない。

結局、私が降参し、両手をあげた。「んもう、ママったら、しつこいんだから。はいはい、わかりました。みとめてあげる」

「やったぁ！」ママは片方の拳《こぶし》をつきあげて、声をあげて笑い、大量リードしている点数にまた加点した。「このゲームの本質がわかってないのねえ。いい、いかに相手を強引に説得するかがポイントなの」

私は、ケーキをまた一切れ、自分用に切りとった。

「あのね、ママ、いまのは説得じゃないから。ズルだから」

「いっしょよ、いっしょ」

声をあげて、ママと笑いあった。

「明日のオナー・ピクショナリーは、きっとあなたの勝ちよ」と、ママ。

勝負がついたあと、ママといっしょにソファに移動して、お気に入りのコメディ映画『ヤング・フランケンシュタイン』を観た。この映画鑑賞も、誕生日の決まりごとだ。ママのひざに頭を乗せて、髪をなでてもらいながら、いつもの映画のジョークに、いつものようにふたりで大笑いした。

十八歳の誕生日としては、総じて悪くなかった。

# ありきたり

翌朝――。白いソファに座って読書していると、専属看護師のカーラがやってきた。

「フェリス・クンプレアニョス」

お誕生日おめでとうと、スペイン語で高らかに声をかけてくる。

私は本をおろし、スペイン語でお礼を言った。

「グラシアス」

「きのうの誕生日はどうだった？」カーラがバッグから医療器具をとりだしはじめた。

「ママと楽しく過ごしたわ」

「バニラケーキとバニラクリーム？」

「もちろん」

「映画は『ヤング・フランケンシュタイン』？」

「うん」

「例のゲームは負けた？」

「ほんと、ありきたりよね」

「ごめんごめん、気にしないで」カーラは笑いながら言った。「ママと大の仲良しでいいなって、ねたんでるだけだから」

カーラは昨日の看護日誌を手にとって、ママが書いた記録にざっと目を通すと、クリップボードに新しい紙をはさんだ。

「うちのローザなんて、最近は見向きもしてくれないのよ」

ローザというのは、カーラの十七歳になる娘だ。昔はすごく仲が良かったのに、ホルモンと男の子への興味が勢いを増してからは、母親など相手にしてくれないと、カーラはよくこぼしている。

ママと私がそうなるなんて、想像できない。

カーラがソファにならんで座ったので、血圧測定用のベルトを巻いてもらうために、片手を差しだした。カーラの視線が、私の読んでいた本をとらえた。

「あら、また『アルジャーノンに花束を』？　いつも泣いちゃう本じゃないの？」

「そのうち、泣かなくなる日がくるから。その日が来たら、ぜったいこの本を読むって決めてるの」

カーラがあきれ顔で、私の手をとる。

ほんの軽い気持ちで言っただけなのに、ふと、本当にそんな日が来るのかと疑問を感じた。

そんなことを思ったのは、ありきたりではない日がいつかめぐってくると、ひそかに期待しつづけているせいかもしれない。

## 〈命短し〉TM：マデリンによるネタバレ書評

**『アルジャーノンに花束を』　ダニエル・キイス著**

ネタバレ注意：　アルジャーノンはハツカネズミで、死んでしまう。

## 宇宙人の侵略2

『アルジャーノンに花束を』で、主人公のチャーリーが「自分もアルジャーノンと同じ運命をたどるのかも……」と感じはじめるシーンにさしかかったとき、家の外で地響きのような騒音がした。

即座に宇宙人を想像した。上空をただよう、巨大な宇宙船――。

家がガタガタと揺れた。本棚の書物も震える。そこにピーピーと安定した音が加わった瞬間、音の正体がわかった。トラックだ。道に迷ったにちがいない――。がっかりしたくなくて、自分にそう言いきかせた。どこか別の場所に行くとちゅうで、曲がる道をまちがえただけ。そうに決まってる。

そのとき、エンジンがとまった。複数のドアが開閉する音がし、しばらく間を置いて、女性の大きな声がした。

「みんな、ここが新しい家よ!」

看護師のカーラが、数秒間、私をじっと見つめる。その心は読めていた。

また、始まったのだ。

マデリンの日記

八月五日

おとなりのかぞくがひっこしていった。おとこの子はないていた。おとなりのママにみつかるまで、にわにかくれて、つちをたべていた。おとなりのママは、いつもとちがってどならなかった。

きのうのよるは、ゆめをみた。いま、そとはとてもしずかだ。

うちゅうじんにゆうかいされていた。ゆめのなかで、おとなりはひっこすんじゃなくて、うちゅうじんにゆうかいされていた。うちゅうじんは、わたしのことはゆうかいしなかった。びょうきの子はいらなくて、けんこうなひとだけがほしいからだ。うちゅうじんはママと、カーラと、おとなりのかぞくをゆうかいして、わたしはひとりぼっちになっちゃった。

なきながらめをさましたら、ママがきて、ベッドでいっしょにねてくれた。ママをかなしませたくなくて、ゆめのはなしはしなかったけれど、カーラにはおしえた。そうしたら、カーラはぎゅっとだきしめてくれた。

# ようこそ

「あのね、カーラ、もう、前みたいなことにはならないから」

さすがに、もう八歳の子どもじゃない。

「いい、マデリン、約束して――」

と、カーラが言いかけたけれど、私はすでに窓辺でカーテンをあけていた。

カリフォルニアのまばゆい陽光。色あせた白い空の高みから、じりじりと照りつける、焦《しょう》熱《ねっ》の白い光――。なにも考えずにあけてしまって、目がくらんだ。目の前の白い霧がだんだん消えて、すべてがぼうっとうかびあがってくる。

トラックと、くるくるまわっている女の人のシルエットが見えた。この人はお母さんだろう。トラックの荷台にいる男の人は、お父さん。私より少し年下らしい女の子は、娘さんだろう。

そして、彼が見えた。背が高くて、すらりとしていて、全身黒ずくめ。黒いTシャツ、黒いジーンズ、黒いスニーカー。黒いニット帽で、頭をすっぽりとおおっている。うっすらとハチミツ色に日焼けした白い肌。顔は輪郭がはっきりしていて、いかめしい。その子は腰かけていた荷台から飛びおりると、ふつうの人とは重力のかかり方がちがうのか、じつに軽やかに車道をすべるように走った。が、ふいに立ちどまり、首を横にかしげ、パズルでもながめるように、新しい家を見上げた。

数秒後、足指の付け根に体重をかけて、何度か軽く体を上下にゆすりはじめた。と、いきなりダッシュし、家の壁を百八十センチくらい、勢いよくかけのぼる。そのまま窓枠をつかみ、二秒くらいぶらさがってから、飛びおりてうずくまった。

「さすがね、オリー」と、お母さん。

「やめろと言っただろうが」お父さんが、がみがみと叱る。

本人はふたりとも無視して、うずくまったままだ。

私は、まるで自分がいまの危険なアクロバットをしてのけたみたいに息を切らして、片手を窓ガラスにおしつけた。彼から壁へ、窓枠からまた彼へと、視線をうつす。

彼は、もうしゃがんでいなかった。こっちを見上げている。

目があった。窓辺の私は彼の目にどう映るだろうと、ぼんやりと考えた。目を見ひらいて見つめかえす、白い服の変わった子とか？

彼が私に向かってほほえんだ。その顔は、いかめしくなかった。もう、とっつきにくくもない。

私もほほえみかえそうとしたのに、ついどぎまぎして、しかめ面《つら》になってしまった。

## 白い風船

その晩、家が私といっしょに呼吸している夢を見た。私がフーッと息を吐きだすと、家のすべての壁が針で刺した風船のようにしぼんでいって、私をおしつぶす。反対に息を吸うと、すべての壁が広がっていく。あと一回、ほんの一回呼吸すると、私の命はついに、とうとう、はじけてしまう――。

## 隣人観察

◎お母さんのスケジュール

午前六時三十五分――湯気の出ているカップを持ってポーチへ。カップの中身はコーヒー？

午前六時三十六分――飲み物をすすりながら、道の向こうの空き地を見つめている。中身は紅茶?
午前七時――家の中へもどる。
午前七時十五分――ふたたびポーチへ。夫に行ってらっしゃいとキス。夫の車が見えなくなるまで、お見送り。
午前九時三十分――庭へ。タバコの吸い殻をさがして、見つけて、捨てる。
午後一時――車で外出。買い物?
午後五時――娘のカラと息子のオリーに、お父さんが帰ってくる前に日課にとりかかってくれと、切々《せっせつ》とうったえる。

◎カラ(オリーの妹)のスケジュール
午前十時――黒いブーツに、けばだった茶色のバスローブという姿で、足を踏み鳴らして外へ。
午前十時一分――メッセージをチェックする。メッセージは大量。
午前十時六分――うちとの間にある庭で、タバコを三本吸う。
午前十時二十分――ブーツのつま先で地面に穴をほって、吸い殻をうめる。

午前十時二十五分～午後五時――電話かメッセージ。
午後五時二十五分――日課にとりかかる。

◎お父さんのスケジュール
午前七時十五分――仕事へ。
午後六時――帰宅。
午後六時二十分――一杯目の飲み物を持って、ポーチに座る。
午後六時三十分――夕食をとりに家の中へ。
午後七時――二杯目の飲み物を持って、ふたたびポーチへ。
午後七時二十五分――三杯目の飲み物。
午後七時四十五分――家族にどなりはじめる。
午後十時三十五分――どなり声がおさまる。

◎オリーのスケジュール
予測不能。

# スパイ

彼は、家族からオリーと呼ばれている。もっと言うと、妹さんとお母さんにはオリー、お父さんにはオリバーと呼ばれている。隣家で私が一番注目しているのは彼だ。寝室は二階。私の部屋の真向かいで、窓のブラインドはほぼあけっぱなし。

昼まで寝ている日もあれば、私が起きだして観察を始める前に部屋からいなくなっていることもある。けれど、たいていは朝の九時に起きると、寝室をぬけだして、スパイダーマンみたいに羽目板を伝って、屋上にのぼっている。屋上で一時間くらい過ごすと、体をゆらしてジャンプして、足から部屋に飛びこんでもどる。

がんばって隣家の屋上をのぞいてみたけれど、なにをしているかは、いまだに確認できていない。

寝室には、ベッドと整理ダンスがひとつずつ。あとは、荷ほどきをしていない段ボール箱がいくつか、入り口のそばに積んである。壁も殺風景で、『ジャンプ・ロンドン』という映画のポスターがぽつんと一枚、貼ってあるだけ。どんな映画か調べたところ、障害物競走のようなパルクールというスポーツの映画だった。だから、あんなふうに、ふつうはありえない芸当ができるのかと納得した。

観察すればするほど、もっといろいろ知りたくなる。

## マントゥーズ（仏語・嘘つき）

たったいま、ディナーの席についた。ママが私のひざに布製のナプキンを置き、私のグラスに水を注いでから、カーラのグラスにも水を注ぐ。わが家では、金曜の夜のディナーは特別だ。カーラも金曜はおそくまで残って、自分の家族とではなく、私たちと食事する。

金曜のディナーは、すべてフレンチだ。白い布のナプキンには、隅にフランス王家の紋章の白ユリが刺繍《ししゅう》されている。食器は、凝った飾りのついたフランスのアンティーク。塩コショウの容器もエッフェル塔のミニチュア版、と徹底している。

メニューは私のアレルギーに配慮しなければならないけれど、ママはいつも特別バージョンのカスレを作ってくれる。カスレというのは、鶏肉、ソーセージ、鴨肉、白インゲン豆を煮こんだフランス料理のシチューで、生前のパパの好物だった。ママが私のために作ってくれる特別バージョンはベースがチキンスープで、具は白インゲン豆のみだ。

「マデリン」とママが言った。「ウォーターマン先生から聞いたんだけど、建築学の課題の提出が遅れているそうね。順調なの?」

驚いた。提出が遅れているのは、ちゃんとわかっている。けれど遅れるのは初めてなので、ママがいつもそこまでチェックしているとは、いままで知らなかった。

「そんなに大変な課題なの?」私のスープ皿にカスレをすくって入れながら、ママは顔をしかめた。「ちがう先生がいい?」

「ウィ、ノン、エ・ノン」私はママの三つの質問に「はい、いいえ、いいえ」と、フランス語で順番に答えた。「すべて順調よ。明日、ぜったい提出するわ。うっかりしてただけだから」

ママはうなずくと、カリッとしたフランスパンを私のためにスライスして、バターを塗りはじめた。ほかにききたいことがあるのは、わかっている。その内容もわかっているし、気後れしてきけないこともわかっている。

「ねえ、マデリン、提出が遅れたのは、ひょっとして……お隣さんのせい?」

カーラが、刺すような視線を投げかけてくる。

ママには一度も嘘をついたことがない。嘘をつく理由がなかったし、嘘をつけるとも思えない。けれど、なんとなく、いまは嘘をついたほうがいい気がした。

「ううん、読書のしすぎ。おもしろい本だと、つい読みふけっちゃって」

できるだけママを安心させるような声で言った。ママに心配をかけたくない。それでなくても、心配ばかりかけているのだから。

フランス語で〝嘘つき〟は、なんて言うのだろう？


数分後――。

「お腹、すいてないの？」ママはそうたずねると、私の額《ひたい》に手をあてた。「熱はないようね」

そのまましばらく、手をあてている。

ママを安心させようとしたそのとき、玄関の呼《よ》び鈴《りん》が鳴った。めったにないことなので、なにが起きたのか、わからなかった。

呼び鈴が、また鳴る。

ママが椅子から腰をうかした。

カーラが立ちあがる。

呼び鈴が、またしても鳴る。私は、なぜか笑みをうかべていた。

「出ましょうか？」と、カーラ。

ママは手をふってことわり、「ここにいてちょうだい」と、私に言った。

カーラが背後に移動し、私の両肩に手を乗せて、そっとおす。このまま座っているべきだ。

それが、あたりまえ。自分でもそう思うけれど、今日はなぜか我慢できない。たまたま旅行者が通りかかっただけだとしても、だれなのか、知りたくてたまらない。

カーラが私の二の腕にふれた。「ここにいてって言われたでしょ」

「うん。でも、なんで？　ママは用心しすぎよ。気密室からこっちには、だれも通さないでしょ」

カーラが折れたので、私は廊下に出た。すぐあとにカーラがつづく。

気密室というのは、玄関をとりかこんでいる密閉された小部屋のことだ。玄関ドアがあいたとき、危険なウイルスが家の中まで入りこまないよう、密閉して外気と遮断《しゃだん》している。

気密室の壁に耳をおしあてた。最初はエアフィルターの音しかしなかったが、そのうち声が聞きとれるようになった。

「母さんがブントケーキを焼いたんです……」

低くて、なめらかで、明らかに笑いをふくんでいる声。脳みそが〝ブント〟という単語に反応し、形状を思いえがこうとして――ふいに、声の主にピンときた。オリーだ！

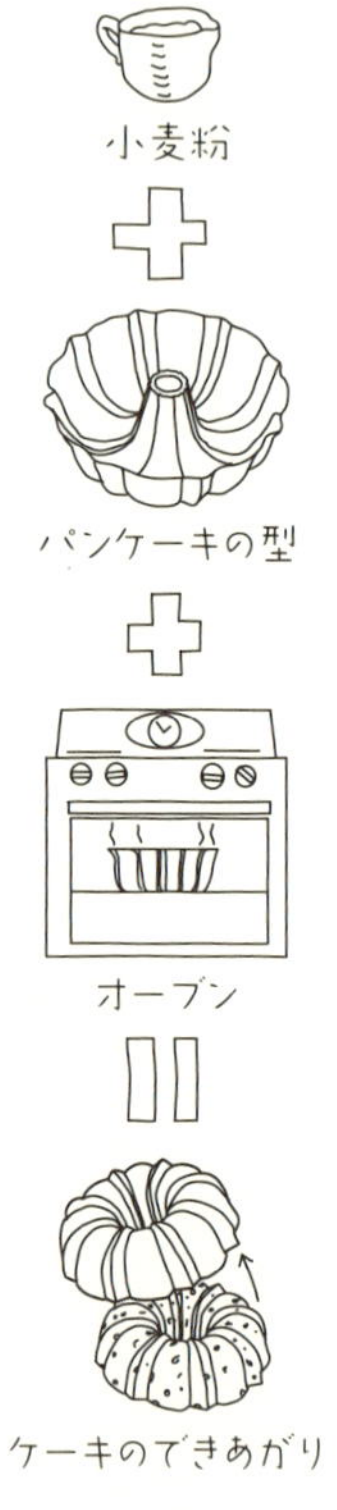

「うちの母さんのブントケーキの特徴は、おいしくないってことです。はっきり言って、まずいです。とても食べられません。しかも、こわすのもほぼ無理……。ここだけの話にしてくださいね」

つづいて、別人の声がした。女の子の声だ。妹さん？

「私たち、引っ越すたびに、ご近所にブントケーキを持っていかされるんです」

「まあ、驚いたわ。ごていねいに、どうも。お母さまにお礼を言っておいてね」

このブントケーキが厳密な品質検査に合格しているはずがない。私の病気について明かすことなく、ケーキをことわるにはどうしたらいいかと、ママが考えているのが伝わってくる。

「あの、ええっと……もうしわけないんだけど、これはいただけないわ」

相手のふたりが絶句して、間があいた。

「じゃあ、持ち帰れって言うんですか？」オリーが、信じられないといわんばかりの声でたずねる。

「うわっ、ひどい」妹のカラの声は怒《おこ》っているようだった。やっぱり、とあきらめている感じもする。

「本当にごめんなさいね」また、ママの声がした。「ちょっと、こみいった事情があるの。ご親切にしていただいたのに、本当にもうしわけないんだけど……。お母さんに、よろしくお伝えくださいね」

「あの、お嬢さんはいらっしゃいますか？」ママがドアをしめる前に、オリーが声をはりあげた。「近所を案内してもらえないかなと思って」

とつぜん、心臓が大きく跳ねた。ドクン、ドクンと肋骨《ろっこつ》にぶつかるのがわかる。いまのは、私のこと？　知らない人が私をたずねてくるなんて、生まれて初めてだ。ママとカーラと先生たちをのぞけば、この世で私の存在を知っている人はほぼいない。いちおう、ネットの世界には存在している。ネット上には友だちが何人かいるし、オンラインの書評も書いている。けれど現実世界で、生身の人間として――見知らぬ男の子が、ブントケーキを持ってたずねてくる相手として――存在しているのとは、わけがちがう。

「悪いんだけれど、無理なの。今後とも、どうぞよろしくね。ありがとう」

玄関ドアがしまる。私は数歩さがって、ママを待った。ママはフィルターが外気を浄化しおわるまで、気密室から出られない。

一分後、ママが気密室から出てきた。すぐにはこっちを見ようとせず、目をとじてうつむき、じっと立っている。

「……ごめんね」ママは顔をあげずに言った。

「私は平気よ、ママ。気にしないで」

私の病気のせいで、ママはつらい思いをしてるんだ――。これまで、いやというほど感じたことを、あらためて痛感した。私はこの生活しか知らないけれど、私が生まれる前、ママにはお兄ちゃんとパパがいた。旅行したり、サッカーをしたり、ふつうの生活を送っていた。一日に十四時間、不治の病を抱えたティーンエイジャーの娘と無菌室にこもる生活とは無縁だったのだ。

数分間、ママと抱きあった。私よりママのほうが、はるかに傷ついている。

「マデリン、この埋めあわせは、ママがぜったいしてあげる」

「埋めあわせることなんて、なにもないわよ、ママ」

「愛してるわ、マデリン」

三人でダイニングにもどって、ほとんどなにもしゃべらずに、そそくさと食事を終えた。カーラが帰ると、オナー・ピクショナリーで勝負しないか、とママにさそわれたけど、また今度ね、とことわった。今日はそういう気分になれない。

ブントケーキの味を想像しながら、二階の寝室に引きあげた。

# 拒絶

寝室に引きあげると、すぐに窓辺に向かった。オリー宅でなにかあったらしい。帰ってきたお父さんが、ポーチでどなっている。お父さんはどんどんエスカレートして、とうとうカラからブントケーキをもぎとると、オリーに向かって力いっぱい投げつけた。けれどオリーがしなやかにさっとよけたので、ケーキは地面に落ちた。

驚いたことに、ブントケーキは崩れなかった。けれど、ケーキを乗せていた皿は車道に当たって砕《くだ》け、お父さんをさらにヒートアップさせた。

「片づけておけ！　いますぐだ！」

お父さんは家に入り、玄関を乱暴にしめた。お母さんもお父さんを追って家に入る。カラはオリーに向かって首を横にふり、なにか言った。オリーはそれを聞いて肩を落とし、しばらくケーキをながめていた。そのあと家の中に消え、ほうきとちりとりを持って出てくると、必要以上に時間をかけてのろのろと、割れた皿を片づけた。

片づけを終えたオリーは、ブントケーキを持って屋上によじのぼった。ジャンプして部屋にもどってきたのは、それから一時間後だった。

私はいつものようにカーテンの裏にかくれていたけれど、ふいにかくれているのがいやになり、明かりをつけて窓辺にもどった。もう、深呼吸はしない。深呼吸しても、なにも変わらない。

カーテンを引いたら、オリーが目の前にいて、こっちをじっと見つめていた。その顔に笑みはなかった。手をふってくれることもない。

オリーは片腕を頭上にのばして、ブラインドをしめた。

## サバイバル

「ねえ、いつまで、うじうじしてるつもり?」と、カーラにたずねられた。「この一週間、ずっとふさぎこんでるじゃないの」

「べつに、うじうじなんかしてないけど」まあ、少しは、してるかも。

オリーに拒絶されて、幼い子どもにもどった気分だった。なぜ外の世界に関心を持たなくなったのか、あらためて痛感してもいる。

外の世界の音がすべて聞こえるのに、これまでどおりの生活を送るのは、やはり無理がある。これまで気にもかけなかったことが、やけに気になる。木々をゆらす風の音。朝、うわさ話でもするようにさえずる鳥たちの声。日中、ブラインドのすきまからずっとさしこんで、時計代わりにもなる、四角く切りとられた陽光――。いくらしめだそうとしても、外の世界は断固として入りこんでくる。

「もう何日も、同じ五ページを読みつづけているじゃないの」と、カーラが私の手元の『蝿《はえ》の王』のほうへあごをしゃくった。

「これね、ひどい話なの」

「あら、名作じゃないの？」

「ううん、最悪。どの男の子も気持ち悪いの。狩りと豚を殺すことしか、しゃべらないし。ベーコンを無性に食べたくなるわ」

カーラは声をあげて笑ったけれど、心からは笑っていない。ソファの私の隣に座ると、私の両脚を自分のひざに乗せて言った。

「で、どうしちゃったのよ？」

私は本を置き、目をとじて、告白した。

「お隣に、よそに行ってほしいだけ。いないときのほうが楽だった」

「楽って、なにが？」

「なんというか……いつもの自分でいること。病気でいること、かな」

カーラは私の脚をぎゅっとにぎった。

「いい、マデリン、よく聞いて。あなたは私の知っているなかで、一番強くて、一番勇敢な子よ。嘘じゃないからね」

「カーラったら、無理にはげまさなくても――」

「しーっ、いいから聞いて。ずっと考えてたんだから。お隣が引っ越してきたせいで、ふさぎこんでるってわかってたもの。でもね、だいじょうぶ。あなたは、ぜったい、だいじょうぶよ」

「そうかなあ」

「だいじょうぶ。断言するわ。この家で、十五年間、いっしょに過ごしてきたこの私が言うんだから、信用してちょうだい。世話をはじめたころはね、あなたはきっとすぐにノイローゼになると思ってた。実際、あの夏は危なかったわよね。でも、あなたはノイローゼにならなかった。毎日起きて、新しいことを学んでいる。毎日、喜ぶことを見つけている。毎日、一日も欠かさず、私にほほえみかけてくれる。そして、自分のことよりママのことを心配してる」

カーラがこんなに一気にしゃべるのは、初めてかもしれない。

「それにひきかえ、うちのローザときたら……」カーラは、いったん口をつぐんだ。感情が高ぶってきたらしく、ソファの背にもたれて目をつぶる。「うちのローザに、あなたの爪の垢《あか》を煎《せん》じて飲ませたいわ。なんの不自由もしていないのに、口をひらけば文句ばっかり」

私は、ふっと笑ってしまった。娘の不満をもらしつつ、本当はめろめろで甘やかしているのだ。

カーラが目をあけた。感情の波がおさまったらしい。「そうそう、その笑顔よ」と、私の脚をさする。「人生は楽じゃないわ。みんな、折りあいをつけて、サバイバルしてるのよ」

## 〈命短し〉TM：マデリンによるネタバレ書評

『蠅《はえ》の王』　ウィリアム・ゴールディング著

ネタバレ注意：　男の子たちは野蛮《やばん》。

# ファーストコンタクト

二日後の夜――。うじうじするのをやめて、お隣を無視できるようになったころ、外からピシッという音が聞こえてきた。ソファに座って、あいかわらず『蠅《はえ》の王』から抜けだせずにいるときのことだった。

ありがたいことに、本は終盤にさしかかっていた。主人公のひとり、ラルフが海岸で無残な死をとげようとしているシーンだ。さっさと読みおえて、もっと明るい本にとりかかりたくて、その音を無視した。

と、数分後にまたピシッと音がした。今度は、さっきよりも大きい。

本を置いて、耳をすました。ピシッ、ピシッ、ピシッと、たてつづけに音がする。なにかが窓にぶつかる音だ。雹《ひょう》か？

立ちあがって、なにも考えずに窓辺に行って、カーテンをあけた。

オリーの部屋の窓が大きくあいていた。ブラインドもあがっていて、明かりはついていない。窓の下枠には、あの不滅のブントケーキがちょこんと座っていた。ケーキには二つのぎょろ目がついていて、まっすぐこっちを向いている。ケーキが小刻みに震え、地面までの距離をたしかめるように、窓から身を乗りだした。また下がって、ふたたび小刻みに震える。

暗い部屋の中にオリーがいるのかと目をこらした。そのとき、ブントケーキが、窓枠から地面へ身投げした！

ああっ！　はっとして、息をのんだ。ブントケーキは、たった今、自殺した？　どうなったか確かめたくて、首をのばしたけれど、暗くて見えない。

すると、スポットライトがケーキを映しだした。驚いたことに、ケーキはあいかわらず不滅だった。いったい、なにでできているのだろう？　まちがいなく、食べなくて正解だ。

スポットライトが消えた。顔をあげると、黒い手袋をはめたオリーの手が懐中電灯を引っこめる瞬間が見えた。

しばらくそのまま目をこらし、本人があらわれるのを待ったけれど、その日、オリーはあらわれなかった。

## 二日目の夜

ベッドに横たわろうとした矢先、またピシッという音が始まった。無視すると決めていたので、無視した。なにを期待されているのか知らないけれど、どうせ応じられないから、知らないほうがいい。

その晩も、翌日の晩も、窓辺には行かなかった。

## 四日目の夜

もう無理。カーテンの隅から、のぞいてみた。

〝体〟の半分に絆創膏《ばんそうこう》をべたべた貼られ、包帯でぐるぐる巻きにされたブントケーキが、窓の下枠に乗っかっていた。

オリーの姿はどこにもない。

## 五日目の夜

ブントケーキは、窓の横のテーブルに座っていた。そのテーブルには、緑色の液体が入ったカクテルグラスと、タバコの箱と、どくろ印のついた薬瓶《くすりびん》も、ひとつずつ置いてある。

また、自殺する気?

オリーの姿は、またしてもない。

## 六日目の夜

ブントケーキは白いシーツの上。ケーキの上には、ハンガーらしきものに逆さにとりつけられたペットボトルが一本。そのペットボトルからは、ブントケーキに向かってひもが一本、〝IV〟という形に垂れている。

今夜は、白いジャケットと聴診器をつけたオリーが登場した。顔をしかめてブントケーキを見下ろし、聴診器で心音を聴くふりをする。

私はふきだしそうになったけれど、こらえた。

オリーが顔をあげ、まじめくさった顔で首を横にふる。

私は笑いをかみころし、カーテンを引いて窓から離れた。

## 七日目の夜

今日は見ないと決めていたのに、ピシッと最初の音がしたとたん、窓辺に飛んでいった。

今夜のオリーは黒いバスローブを着て、特大の十字架を首から下げていた。ブントケーキのお葬式だ――。

もう、無理！　我慢できない！　私は腹を抱えて笑いころげた。

オリーは顔をあげて、にやりとすると、ポケットから黒いマーカーをとりだして、窓に書いた。

『この前はごめん。 genericuser033@gmail.com』

## ファーストコンタクト　Part 2

From：マデリン・F・ホイッティア

**To：genericuser033@gmail.com**
**件名：こんばんは**
**日時：六月四日、午後八時三分**

こんばんは。まずは自己紹介からかな？　私の名前は、マデリン・ホイッティア。といっても、メルアドからわかると思うけど。あなたのお名前は？
ＰＳ　私にあやまることなんて、ぜんぜんないわ。
ＰＰＳ　あのブントケーキは、なにでできているの？

****************

**From：genericuser033@gmail.com**
**To：マデリン・Ｆ・ホイッティア〈madeline.whittier@gmail.com〉**
**件名：RE: こんばんは**
**日時：六月四日、午後八時七分**

いまだにぼくの名前を知らないとしたら、きみはおそろしくダメなスパイだよ。先週は妹

とふたりできみに会おうとしたんだけど、お母さんがゆるしてくれなかったんだ。ブント
ケーキの材料はわからない。岩とか？

**************

**From：マデリン・F・ホイッティア**
**To：genericuser033@gmail.com**
**件名：RE:RE: こんばんは**
**日時：六月四日、午後八時十一分**

ブントケーキのレシピ

材料
万能ミックスセメント　３カップ
おがくずの細粒　１と４分の１カップ
砂利《じゃり》（風味づけのため、大小とりまぜる）　１カップ
塩　小さじ半分
エルマー社の接着剤　１カップ

無塩バター　２本
塗料用シンナー　小さじ３杯
Ｌサイズの卵（室温）　４個

手順
オーブンをあらかじめ三百五十度に熱しておく。
ブントケーキの型に油を塗っておく。

〈ケーキ〉
１　Ｍサイズのボウルにミックスセメントと塩と砂利《じゃり》を入れて、さっとまぜる。
２　Ｌサイズのボウルにバターとエルマー社の接着剤と塗料用シンナーと卵を入れて、さっとまぜる。まぜすぎに注意。
３　２に１を少しずつまぜる。
４　ブントケーキの型にバターをスプーンですくって入れる。
５　ケーキの焼け具合を確認するために差しこんだテスターが抜けなくなるまで焼く。焼けたら、型ごと冷ます。

〈艶《つや》出し〉

1　おがくずと適量の水をまぜあわせて、注げる程度にどろっとさせる。
2　ワックスペーパーの上にブントケーキを置く（ワックスペーパーを使うのは、片付けを楽にするため）。
3　1をケーキにふりかけ、人前に出す前に固める。
（実例ゼロ）

マデリン・ホイッティアより
PS　私は、スパイじゃない！

## ファーストコンタクト　Part 3

〈水曜日　午後八時十五分〉

**オリー：**メールしようと思ったんだけど、きみがログイン中だとわかったんで。ブントケーキのレシピには笑わせてもらったよ。スパイ史上、自分がスパイだとみとめたスパイなんていいる？　いないと思うけど。ところで、ぼくはオリー。よろしく。

**オリー**：ミドルネームのFは、なんの略？

**マデリン**：フルカワ。ママは日系三世なの。私は日本人のハーフよ。

**オリー**：日本人と何人のハーフ？

**マデリン**：アフリカ系アメリカ人。

**オリー**：マデリン・フルカワ・ホイッティアのほかにニックネームはないの？　それともマデリン・フルカワ・ホイッティアって呼んでほしい？

**マデリン**：ニックネームはないわ。まわりからはマデリンって呼ばれてる。ママにはハニーって呼ばれることもあるけど。それって、ニックネーム？

**オリー**：いやいや、まさか。エムとか、マディ、マッド、マディ・マッドとか呼ぶ人はいないの？　じゃあ、ニックネームをつけてあげるよ。

**オリー**：友だちになろうよ

**〈木曜日　午後八時十九分〉**

**マデリン**：友だちになるんだから、質問させて。どこから来たの？　なぜ、いつも帽子をかぶってるの？　頭の形がヘンとか？　なぜ黒しか着ないの？　色について、もうひとつ。世の中には黒以外の服もあるって知ってる？　なんだったら、アドバイスするけど。屋上でなにしてるの？　右腕のタトゥーはなに？

**オリー**：順番に答えるよ。あちこち点々としてきたけれど、おもに東海岸だね。帽子をかぶっているのは、ここに引っ越す前に頭を剃《そ》ったから（大失敗）。次はイエス。黒しか着ないのは、黒だとかなりセクシーに見えるから。次もイエス。気持ちはありがたいけど、アドバイスはノー。屋上ではなにもしてない。タトゥーはバーコード

**マデリン**：文末の「。」が抜けることがあるのは、わざと？

**オリー**：いや、べつに

**マデリン**：あっ、今日はここまで。ごめんね！

**〈金曜日　午後八時三十四分〉**

**オリー**：ところで、なんで外出禁止なの？

**マデリン**：べつに外出禁止じゃないけど。なぜ、そう思うの？

**オリー**：きのうの夜、あわててログアウトしただろ。てっきり、お母さんのせいかなって。これでも、外出禁止についてはけっこうくわしいんだ。それに、きみは家から一歩も出てないよね。ここに引っ越してきてから、きみが外にいるのを一度も見てない

**マデリン**：悪いけど、うまく説明できないの。外出禁止じゃないけど、家から出られないの。

**オリー**：ずいぶん、わけありだねえ。ひょっとして、きみは幽霊？　引っ越してきた日、窓辺のきみを見たときは、幽霊かと思ったよ。お隣のかわいい子がじつは幽霊でした、なんて、ついてないなあ

**マデリン**：この前はスパイで、今度は幽霊！

**オリー**：あれ、幽霊じゃない？　じゃあ、おとぎ話のお姫さまだな。どのお姫さま？　シンデレラ？　家から出たら、カボチャになっちゃう？

**オリー**：それとも、ラプンツェル？　髪がすごく長いよね。窓から垂らしてくれたら、きみの髪をよじのぼって助けに行くよ

**マデリン**：髪をよじのぼるなんて、非現実的だし痛いって、昔から思ってるんだけど。そう思わない？

**オリー**：だよな。シンデレラでもラプンツェルでもないとすると、白雪姫だな。きれいなきみは世間に存在を知られないよう、意地悪な継母《ままはは》に魔法をかけられて、家の外に出られないんだ

**マデリン**：もともとは、そういう話じゃないのよ。もとの話では、意地が悪いのは継母じゃなくて実母だって知ってた？　信じられる？　小人たちも出てこないのよ。おもしろいでしょ？

**オリー**：うん、信じられないね

**マデリン**：私、お姫さまじゃないわよ。

**マデリン**：助けなんて、いらないから。

**オリー**：わかってるって。こっちだって王子さまじゃないし

**マデリン**：私のこと、きれいだと思ってる？

**オリー**：おとぎ話に出てくる幽霊でスパイのお姫さまとして、ってこと？　もちろん

〈**土曜日　午後八時一分**〉

**オリー**：なぜ夜の八時過ぎまでログインしないの？

**マデリン**：その時間まで、ひとりきりになれないから。

**オリー**：朝から晩まで、だれかといるの？

**マデリン**：お願いだから、この話はやめて。

**オリー**：マデリン・ホイッティア、きみはますます興味ぶかいね

〈**日曜日　午後八時二十二分**〉

**オリー**：スピード勝負のゲームをしよう。次の五つで好きなものを答えて。本、単語、色、

悪い癖《くせ》、人

**オリー**：早く早く！　すばやく打つ。考えずに打つ

**マデリン**：そんな！　星の王子さま。愛妻家。アクアマリン。悪い癖はないわ。ママ。

**オリー**：悪い癖のない人なんていないよ

**マデリン**：私にはないの。なぜ、そんなことを言うの？　あなたには、いくつあるの？

**オリー**：よりどりみどりさ

**マデリン**：じゃあ、次はあなたの番よ。

**オリー**：同じリスト？

**マデリン**：そう

**オリー**：蝿《はえ》の王、不気味、黒、銀食器を盗むこと、妹

**マデリン**：ええっ！　蝿の王？　あなたとは友だちになれそうにないわ。あの本は最悪よ。

**オリー**：最悪って、どこが？

**マデリン**：すべてが！

**オリー**：真実だから、いやなだけじゃないの

**マデリン**：真実って？　集団で放置されたら、殺しあいを始めるってこと？

**オリー**：そう

マデリン：本気でそう信じてる？
オリー：うん
マデリン：私は信じない。ぜったいに。
マデリン：銀食器を盗むって、ホント？
オリー：スプーンのコレクションを見せてあげたいよ

〈月曜日　午後八時七分〉

オリー：そこまで外出を禁止されてるなんて、いったいなにをしでかしたの？
マデリン：だから、外出禁止じゃないの。この話はしたくない。
オリー：男の子と関係ある？
オリー：できちゃったとか？　ボーイフレンドはいる？
マデリン：ちょっと、バカなこと言わないで！　妊娠なんかしてないし、ボーイフレンドもいません！　私のこと、なんだと思ってるの？
オリー：わけありな子だと思ってる
マデリン：私が妊娠してるんじゃないかって、一日中考えてたの？
マデリン：どうなのよ？

**オリー**：まあ、一回か二回か十五回くらい、頭をよぎったよ

**マデリン**：信じられない。

**オリー**：あのさ、ぼくにガールフレンドがいるかどうか、知りたくない？

**マデリン**：どうでもいい。

## 〈火曜日　午後八時十八分〉

**マデリン**：こんばんは。

**オリー**：やあ

**マデリン**：今夜、あなたがログインするかどうか、わからなくて。だいじょうぶ？

**オリー**：うん

**マデリン**：なにがあったの？　なぜ、あんなに怒《おこ》ってたの？

**オリー**：なんの話？

**マデリン**：あなたのお父さんのことよ。お父さん、なぜ、あんなに怒ってたの？

**オリー**：きみに秘密があるように、こっちにも秘密があるんだ

**マデリン**：わかった。

**オリー**：うん

## 〈水曜日　午前三時三十一分〉

**オリー**：眠れないのか？

**マデリン**：うん。

**オリー**：おれも。じゃあ、例のスピードゲーム。映画、食べ物、体のパーツ、教科

**マデリン**：四つしかないわよ。時間もおそいし。頭が働かない。

**オリー**：いいから

**マデリン**：高慢と偏見、ＢＢＣ製作のものね。トースト。手。建築。

**オリー**：マジかよ。『高慢と偏見』のミスター・ダーシーが好みじゃない女子は、この世にいないのかよ

**マデリン**：女子は全員、ミスター・ダーシーの熱烈なファンってこと？

**オリー**：決まってるだろ。だれも愛さないうちの妹でさえ、ダーシーの熱烈なファンだよ。

**マデリン**：だれのことも愛さないだなんて。あなたのことは愛してるでしょ。

**オリー**：ダーシーのどこがそんなにいいんだ？

**マデリン**：もっとましな質問はないの？

**オリー**：鼻持ちならないヤツだろ

**マデリン**：でもそこを克服して、最後には階級よりも人柄のほうが大切だって悟るじゃない！　人生の教訓を学ぼうとするでしょ！　しかも華麗だし、高潔だし、神秘的だし、思索的だし、詩的だし。もう、ほんとに華麗でしょ？　しかも、エリザベスのことを、どうしようもなく愛してるのよ。
**オリー**：あっそ
**マデリン**：そう。
**オリー**：じゃあ、おれの番？
**マデリン**：はい、どうぞ。
**オリー**：ゴジラ、トースト、目、数学。ん？　体のパーツっていうのは、自分の体？　他人の体？
**マデリン**：知らない！　あなたのリストでしょ。
**オリー**：そっか。じゃあ、目でいい
**マデリン**：あなたの目の色は？
**オリー**：青
**マデリン**：もうちょっと具体的に。
**オリー**：ったく。女の子ってやつは。オーシャンブルー

**マデリン**：オーシャンって、大西洋？　太平洋？
**オリー**：大西洋。アトランティック・ブルー。きみの目の色は？
**マデリン**：チョコレート色
**オリー**：もうちょっと具体的に
**マデリン**：カカオバター七十五パーセントのチョコの色。
**オリー**：ハハハ。なるほど
**マデリン**：四つしかないわよ。あとひとつ。
**オリー**：きみが決めて
**マデリン**：じゃあ、詩
**オリー**：おれに詩の好みがあると思ってるんだ
**マデリン**：無教養じゃないでしょ。
**オリー**：五行戯詩《リメリック》
**マデリン**：あなた、無教養だわ。いまのは聞かなかったことにする。
**オリー**：すぐれた五行戯詩のどこがいけないんだ？
**マデリン**：すぐれた五行戯詩という言葉自体が矛盾してる。
**オリー**：じゃあ、きみの好きな詩は？

**マデリン**：俳句。

**オリー**：俳句はひどいよ。つまらない五行戯詩よりひどい

**マデリン**：無教養から無作法に格下げ決定。

**オリー**：了解

**マデリン**：じゃあ、そろそろ寝るわ。

**オリー**：うん、おれも。

## 〈木曜日　午後八時〉

**マデリン**：あなたが数学好きとは、意外だわ。

**オリー**：なんで？

**マデリン**：なんとなく。あなた、建物によじのぼったり、障害物を飛びこえたりするでしょ。たいていの人は、体を使うのが得意か、頭を使うのが得意か、どちらかだけ。両方って人はあまりいないから。

**オリー**：おれがアホだと思ってたって、遠回しに言ってる？

**マデリン**：そんな！　つまり、その……よくわからない。

**オリー**：おれがセクシーすぎて、数学が得意には見えなかったってことかな。ならば、い

いよ。よく言われるし

**マデリン**：……

**オリー**：何事もそうだけど、数学も訓練次第ってことだよ。いちおう言っておくけど、ふたつ前の高校では、数学オリンピックに参加したんだ。確率と統計学でわからないこと、ある？　おれが教えてあげるよ

**マデリン**：ウソ！

**オリー**：ホント！

**マデリン**：なんてセクシーなの。

**オリー**：ウソっぽい

**マデリン**：ウソ！

**オリー**：ホント！

**マデリン**：：）じゃあ、サンフェルナンド・バレー高校でも数学オリンピックに出るの？

**オリー**：いや、たぶん出ない

**オリー**：親父《おやじ》にやめさせられたんだ。アメフトみたいな、もっと男らしいものをやれって

**マデリン**：アメフト、やるの？

**オリー**：いや。親父はおれに数学オリンピックをやめさせたけど、アメフトのコーチには

脅《おど》しが通用しなくてさ。シーズン途中でおれをメンバーにねじこめなかったんだ。結局、うやむやになったよ

**マデリン**：お父さんが、また話を蒸しかえしてきたら？

**オリー**：おれだって、二年前よりは多少は手強《てごわ》くなってるよ

**オリー**：意地も悪くなったし。体もでかくなったし

**マデリン**：あなた、意地悪には見えないけど。

**オリー**：おれのこと、まだそこまで知らないだろ

**〈金曜日　午前三時三分〉**

**マデリン**：また、起きたのね。

**オリー**：うん

**マデリン**：話したくないのはわかってる。

**オリー**：わかってるけど、だろ

**マデリン**：さっき、見ちゃったの。お母さん、だいじょうぶ？

**オリー**：だいじょうぶ。初めてじゃないし。最後でもないし

**マデリン**：なんてこと。

**オリー**：そんな言い方、たのむから、やめてくれ

**オリー**：別の話をしてくれよ、なんでもいいから。おもしろい話をしてくれよ

**マデリン**：わかった。自分の耳からセロリが生えてくるのを見て、男の子はなぜ驚いたのでしょう？

**オリー**：なんで？

**マデリン**：コーンを植えていたからです！

**マデリン**：もしもーし？

**オリー**：ゲゲッ。すべったね

**マデリン**：でも、あなたはくすっとしてくれたでしょ。

**オリー**：まあ、たしかに

**オリー**：ありがとうな

**マデリン**：どういたしまして。

**〈土曜日　午後八時一分〉**

**オリー**：きみと会えるのは、学校が始まってからになりそうだな

**マデリン**：私、通ってないの。

オリー：サンフェルナンド・バレー高校に通ってないってこと？　じゃあ、どこの高校？
マデリン：ふつうの高校には通ってないってこと。インターネットの通信高校なの。
オリー：なんで？
マデリン：その話はかんべんして。
オリー：いいだろ。少しは教えてくれよ
マデリン：あなたとは友だちでいたいの。同情されたくない。
オリー：いいから教えてくれよ。なにがあっても、友だちだから
マデリン：病気なの。
オリー：どの程度の？
マデリン：かなり重症。だから家を出られないの。
オリー：マジか
オリー：死にかけてるとか？
マデリン：ううん、いまのところは。
オリー：でも、そう遠くないうちに？
マデリン：うん、家から出たらアウト。
オリー：わかった

**オリー**：きみとは友だちだよ。同情なんかしない
**マデリン**：ありがとう。
**オリー**：通信高校って、どんな感じ？
**マデリン**：授業はすべてスカイプ。課題もテストもあるし、成績もつく。自宅で教育を受けているホームスクール生はおおぜいいるのよ。
**オリー**：へーえ。そうなんだ
**オリー**：全米スペリング大会の決勝戦の出場者は、ホームスクール生ばっかりって、知ってた？
**マデリン**：ううん、ぜんぜん。
**オリー**：すごいよな
**オリー**：会いたいよ
**マデリン**：私も。
**マデリン**：そろそろ、行かないと。
**オリー**：じゃあ、行きなよ
**オリー**：まだ、いる？
**マデリン**：うん。

**オリー**：窓辺に来て
**マデリン**：いま？　ネグリジェなんだけど。
**オリー**：じゃあ、なにかはおって。姿を見たいから、窓辺に来てくれよ
**マデリン**：わかった、行くわ。おやすみ、オリー。
**オリー**：おやすみ、マディ

## 宇宙飛行士とアイスクリーム

「ウォーターマン先生がいらっしゃたわよ」カーラが部屋の入り口で言った。

こっちは、ようやく、建築学の課題の仕上げをしているところだ。この模型を完成させるために、オリーとのメッセージを二晩、早めに切りあげなければならなかった。もう、ママを心配させたくない。

課題は、屋外のショッピングモールとダイニングコートを好みのスタイルでデザインすること。私が選んだのは、アール・デコ。どの建物も動いていないのに、まるで飛んでいるように見せられるからだ。

一番の力作は、芝生の休憩エリアだ。あざやかなジグザグ模様が描かれた、奇妙な形の特大チェアが散らばっていて、芝にはプラスチックでできたミニチュアのヤシの木々を植えてある。いまは、この模型に〝活力〟――ウォーターマン先生は、よくこの言葉を使う――をあたえるために、ミニチュアのレジ袋を持ったミニチュアの買い物客たちを、バランスよく配置しているところだ。

ウォーターマン先生には二年間、建築学を習っているけれど、直接顔を合わせたことは二度しかない。授業はすべてスカイプだ。けれど今週は、ママが特別に例外をみとめてくれた。カラとオリーが挨拶に来た二週間前のあの日のことで、いまだに私に負い目を感じているらしい。そんなふうに思わなくていいと言ったのに、ママの気持ちは変わらない。うちにお客を迎えるのは一大事だ。お客は病歴を調べられたうえ、徹底した健診を受けなければならず、殺菌消毒も欠かせない。具体的に言うと、約一時間にわたる、ジェット気流なみのエアシャワーだ。私に会いに来るのは苦痛でしかない。

ウォーターマン先生は陽気だが、なにかに追われているような顔で、せかせかと入ってきた。まるで、そりに乗って世界一周の旅に出ようとしている、クリスマスイブのサンタクロースみたいだ。殺菌消毒のエアシャワーで体が冷えたらしく、両手をこすりあわせ、しきりに息をふきかけている。

「やあ、マデリン」

先生は両手をパンとあわせ、明るい声で挨拶した。ウォーターマン先生は、一番好きな先生だ。私をあわれむような目で見ないし、建築学への情熱も共有している。もし将来に夢を持てるとしたら、私は建築家になりたい。

「こんにちは、ウォーターマン先生」

カーラでもママでもない人とどう接したらいいかよくわからなくて、私はおずおずとほほえみかけた。

「課題の作品は、どんな感じかな?」先生が、グレーの瞳をきらめかせながら、たずねてくる。

私は最後のミニチュアを二体、おもちゃ屋の隣に置いて、下がった。

先生はずっと舌打ちのような妙な音を立てながら、顔をかがやかせたり、むずかしい表情をうかべたりして、模型の周囲をまわった。

「ほう、これは、いつも以上に上出来じゃないか。いやはや、じつにすばらしい!」

先生は模型をのぞきこんでいたが、ふと腰をのばし、私の肩を軽くたたこうとして、はっとした。接触は厳禁だ。先生は首をわずかに横にふると、模型をさらに観察しようと、またかがみこんだ。

「うん、うん、じつにすばらしい。改良点は少しだけだ。しかし、うん、まずはあれだ!

われらが宇宙飛行士くんは、どこにかくれているのかね？」

模型を作るとき、私はいつも粘土で宇宙飛行士を一体作って、まぎれこませることにしている。宇宙飛行士の姿は毎回ちがう。今回は密閉されたヘルメットとかさばる酸素ボンベをつけたフル装備の宇宙飛行士を、あるレストランの食べ物だらけのテーブルの前に座らせた。ちなみに食べ物は、複数のバナナスプリットサンデーと、ブルーベリーパンケーキの山、スクランブルエッグ、バターとマーマレードを塗ったトースト、ベーコン、複数のミルクシェイク（ストロベリー味、チョコレート味、バニラ味）、チーズバーガーとポテトフライ。ポテトフライはくるくるに丸まったカーリーフライにしたかったが、時間切れで、ふつうのフライで妥協した。

「おおっ、いたぞ！」

ウォーターマン先生は声をあげ、少しの間、舌打ちのような妙な音を立てて見つめると、こっちをふりかえってたずねた。いつも陽気な目に、わずかに影がさしている。

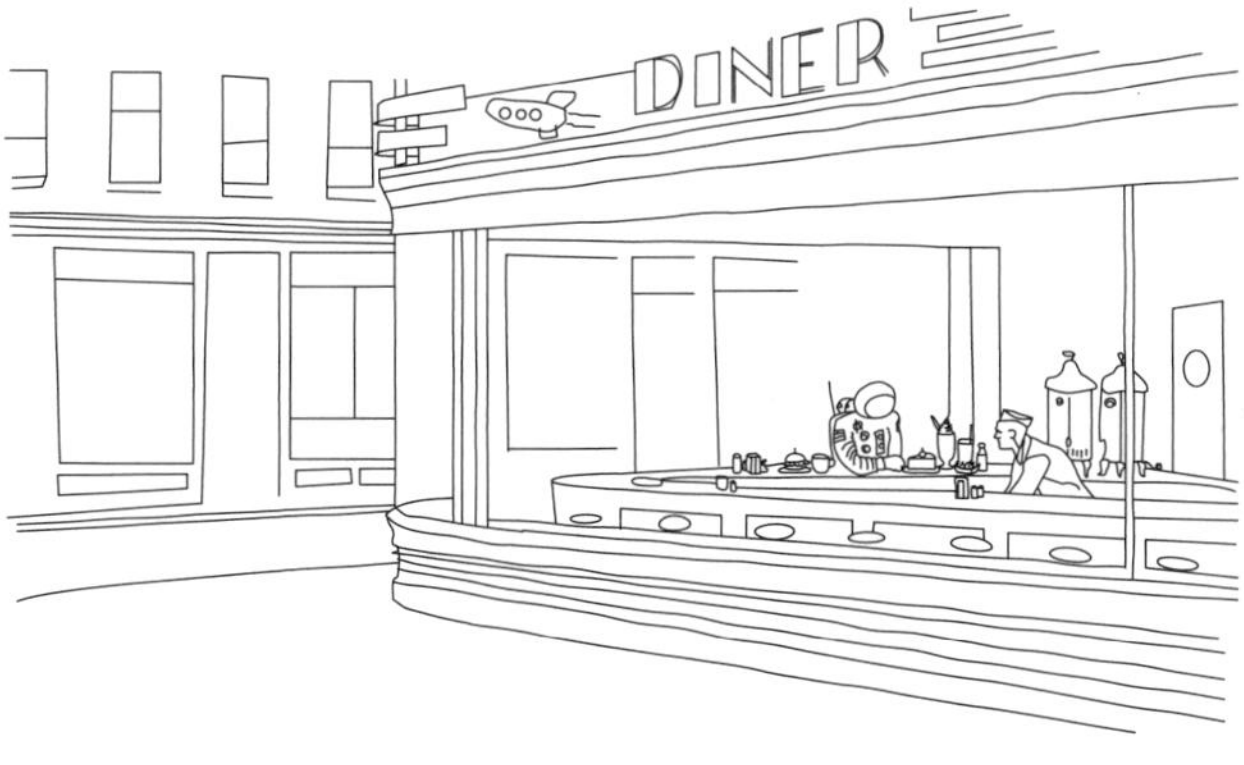

「じつに良くできているんだが……これだけおいしそうな食べ物を、ヘルメットをつけたまま、どうやって食べるのかね？」

私は宇宙飛行士をまじまじと見た。この宇宙飛行士が食事をするなんて――。考えもしなかった！

## 危険はつきもの

カーラがこっちを見てほほえむ。まるで、私の知らないことを知っているみたいに――。

今日は朝から、私の目を盗んでは、にやにやしている。しかも、ずっと歌いっぱなしだ。曲は、カーラの断トツのお気に入りバンド、ＡＢＢＡの『テイク・ア・チャンス』。カーラの歌は、おみごととほめたくなるほど、音を完全に外している。音をことごとく外す確率はどのくらいか、オリーにきいてみよう。たまたま、ひとつくらい、音程が合ってもよさそうなものなのに――。

時刻は午後十二時三十分。歴史の先生とスカイプするまで、三十分間のランチタイムだ。でも、お腹はすいてない。いまはもう、お腹はすかなくなった。肉体というものは、メッセージさえできれば、もつらしい。

カーラの視線がそれたので、Gメールをすばやくチェックした。きのうの晩以降、オリーから十三件、とどいている。すべて午前三時前後に送られたもので、いつものようにタイトルはない。ふふっと笑い、しょうがないわねと首を横にふった。

ああ、読みたい。いますぐ、読みたくてたまらない！　けれど、カーラが部屋にいるときは要注意。ちらっとカーラを見たら、なんと、まゆをつりあげてこっちを見ている！　ひょっとして、本当に、なにか知ってる？

「ねえ、そのノートパソコンの、なにがそんなにおもしろいの？」と、カーラ。

まずい。ばれた。

椅子ごと机に近づいて、ノートパソコンの上にサンドイッチを置いた。

「べつに、なんでもない」サンドイッチを一口かじる。火曜日は七面鳥のサンドイッチだ。

「なんでもないわけ、ないでしょ。なにか見て、笑ってたじゃない」

カーラがほほえみながら近づいてきた。茶色い目の目尻にしわをよせて、満面に笑みをうかべている。

「ネコの動画」

口いっぱいに七面鳥をほおばりながら、もごもごと答えた。うわっ、よけいなことを言っちゃった！　カーラはネコの動画が大好きだった！　インターネットの良い点はネコの動画が見られること、と思っているほどだ。

カーラが机をぐるっとまわり、私の背後に立って、ノートパソコンに手をのばす。

私はサンドイッチを放りだし、ノートパソコンを胸に抱えこんだ。しかも、ぱっと思いついた下手《へた》な嘘をついてしまった。

「あのね、カーラ、見ないほうがいいわ。ひどいから。死んじゃうの、ネコ」

おたがいぎょっとして、数秒間、見つめあった。私は、信じがたい暴言を吐いたバカな自分がショックだった。カーラも、信じがたい暴言を吐いたバカな私にショックを受けていた。アニメみたいに口を大きくあけ、大きい目玉をさらにひんむいている――。次の瞬間、カーラは腰をかがめて膝《ひざ》をたたき、聞いたことのないような声でゲラゲラと笑いはじめた。笑いながらバンバンと膝をたたく人が、本当にいるなんて！

「ねえ、そんな嘘しか、思いつかなかったの？」カーラはそう言うと、またふきだした。

「ばれてたんだ」

「そりゃあ、ばれるわよ。たとえ、ばれてなかったとしても……」カーラは少し笑って、また膝をたたいた。「ハハッ、さっきのあなたの顔、見せてあげたかったわ」

「んもう、ふざけないで」ぼろを出したのがおもしろくなくて、ぼやいた。

「だって、うちにも、同じ年頃の娘がいるのよ。うちのローザがなにかたくらんでいるときは、ぜったいわかるんだから。それにね、あなたは、かくしごとが下手《へた》。メールをチェックしたり、彼を探して窓をのぞいたりしてたでしょ」

私はノートパソコンを机の上にもどし、ほっとしてたずねた。

「じゃあ……怒《おこ》ってないのね？」

カーラは、サンドイッチを渡してくれた。

「事と次第によるわね。なぜ、かくしたりしたの？」

「私がまた悲しい思いをするんじゃないかって、心配させたくなかったから」

カーラが私を見つめる一秒間が、やけに長く感じられた。

「心配しないといけないのかしら？」

「ううん」

「じゃあ、心配しないわ」カーラは、肩にかかった私の髪を後ろに流してくれた。「さあ、お食べなさい」

## 十五分後

「ねえ、カーラ、会いに来てもらうとか？」

うわっ、この私が、そんなことを言いだすなんて！　言っておいてびっくりだけど、カーラは平然としていた。ほこりひとつない本棚を掃除する手をとめもしない。

「ティーンエイジャーはどこも同じね。ちょっと甘い顔をすると、すぐにつけあがるんだから」

「つまり……だめ？」と言ったら、カーラに笑われた。

## 二時間後

再挑戦してみた。

「三十分でいいから。ウォーターマン先生みたいに殺菌消毒してもらって、そのあと――」

「ちょっと、マデリン、ふざけてる？」

「十五分ならいい？」

「だめ」

## さらに十分後

## さらにその後

「ねえ、お願いだから――」

最後まで言う前に、カーラにさえぎられた。

「元気だと思ったら、すぐこれなんだから」

「元気なんだもの。元気でしょ、ね？　ただ、会ってみたい――」

「いつも思いどおりになるとはかぎらないの」

その一本調子の口調で、娘のローザにもしょっちゅうそう言っているのだとわかった。娘への口癖《くちぐせ》を私にも使ってしまって、後悔しているのが伝わってくる。それでも、カーラはなにも言わなかった。

今日の仕事を終えて、寝室を出ようとして、ふとカーラが立ちどまった。

「だめとは言いたくないのよ。あなた、本当にいい子なんだもの」

ここぞとばかりに、私はたたみかけた。

「殺菌消毒してもらって、部屋の反対側に座ってもらうから。ずっと、ずーっと遠くに座ってもらうから。たった十五分でいいの。のびても三十分までにするから、ね」

カーラは首を横にふったけれど、勢いはなかった。

「危険すぎるわ。あなたのママは、ぜったいゆるしてくれないだろうし」

「ママには内緒」

即座に言うと、カーラはがっかりした顔で、こっちをじろりとにらんだ。

「まったく、あなたたちときたら……ママを簡単にだませるなんて、本気で思ってるの？」

カーラがこの話題をとりあげたのは、二日後のランチの直後だった。

「いい、よく聞いて。接触はなし。接近もなしね。本人にもそう言ってあるから」

カーラの言葉は理解できたが、内容は理解できなかった。

「えっと、その……どういうこと？　えっ、まさか、来てるの？　もう、来てるの？」

「接近はなしよ。接触もなし。わかった？」

わからないけど、とりあえず、うなずいておいた。

「彼、サンルームで待ってるわよ」

「殺菌消毒済み？」

私をだれだと思っているの、とカーラの顔が告げている。

えっ！　ええっ！　思わず立ちあがって、座って、また立ちあがった。

「ほらほら。早く身なりを整えていらっしゃい。面会時間は二十分だけよ」

私の胃はただ跳ねるだけでなく、ネットなしの綱渡りで、でんぐり返しのアクロバットを展開中だ。

「だめって言ってたのに、急になぜ？」

カーラは近づいてきて、私のあごに手をかけた。あまりにもしげしげと目をのぞきこむので、落ちつかない。私に言いたいことは山ほどあって、どれを言おうか、選んでいるのだ。

結局、カーラは「少しくらい、楽しんでもいいわよ、あなたは」としか言わなかった。なるほど。カーラの娘のローザはこうやって、望みをすべてかなえるわけか！　ローザは、心が果てしなく広いママにお願いするだけでいいのだ。

身なりを整えるために、鏡へと向かった。ふだんは身なりなどかまわないので、あまり鏡をのぞかない。見る人がいないから、身なりをかまう必要がないのだ。日本人のママと、アフリカ系アメリカ人のパパの血を、きれいに半分ずつ受けついでいると思いたい。暖かみのある栗色の肌は、ママのあわいオリーブ色の肌と、パパの深みのある焦げ茶色の肌のミックス。ウェーブのかかった長くてボリュームのある髪は、パパほど縮れていないけれど、ママほどストレートでもない。目もパパとママの完璧なブレンドで、アジア風でもアフリカ風でもなく、その中間だ。

いったん目をそらし、かまえていないときの自分をとらえたくて、ちらっと鏡を見た。オリーから見た自分を正確に知りたい。ためしに声をあげて笑ってから、まず歯を見せてほほえみ、つづいて歯をかくしてほほえんでみた。眉をひそめて、むずかしい顔もためしてみた――こんな顔は、できればしたくないけれど。

鏡とにらめっこしている私のことを、カーラはとまどいながらも、おもしろがってながめていた。

「あなたくらいの年の自分を思いだすわ」

私はふりかえらず、鏡の中のカーラに向かって話しかけた。

「本当にいいの？　危険すぎるとは思わないの？」

「あら、やめろって言ってる？」カーラは近づいてきて、私の肩に片手を置いた。「何事も危険はつきものよ。なにもしないのも危険だわ。あとは、あなた次第よ」

白い部屋を見まわした。白いソファ、白い本棚、白い壁――。安全第一で、なじみがあって、つねに変わらない。

殺菌消毒のエアシャワーで冷えつつ、私を待っているオリーを思いうかべた。オリーは、この部屋とまさに正反対だ。安全じゃないし、なじみもないし、つねに変化する。

私にとってオリーは、人生最大の危険だ。

## 未来完了形

From：マデリン・F・ホイッティア
To：genericuser033@gmail.com
件名：未来完了形
日時：七月十日、午後十二時三十分

あなたがこれを読むころには、私たち、すでに会ってるのね。きっと完璧な出会いよね。

# オリー

サンルームは、家の中で一番のお気に入りだ。ほぼ全面、ガラス張り。天井もガラス。きれいに刈りこまれた裏庭の芝生が見える、床《ゆか》から天井まである窓も、もちろんガラスだ。

サンルームは、熱帯雨林の映画セットによく似ている。本物そっくりの青々とした人工熱帯植物がところせましとならび、作り物の果実がたわわに実ったバナナや、ココヤシの木々や、造花のついたハイビスカスの木々が、いたるところにある。さらに小川がくねくねと流れていて、せせらぎが聞こえる。ただし魚は――本物の魚は――いない。家具はいかにも日焼けした感じの、白いアンティークの籐《とう》製品。トロピカルな部屋にするために、ママはファンで熱風を送りつづけ、つねに汗ばむていどのそよ風が吹いている。

天井や窓のガラスを頭の中で消すと、外にいるような妄想をふくらませられる。だから、ふだんはこの部屋が大好きだ。たまに、水槽の魚になった気がする日もあるけれど。

私がサンルームに着くまでに、オリーは両手両脚をタイルの割れ目に食いこませて、部屋の奥のごつごつした壁を半分よじのぼっていた。私が入ろうとしたときには、バナナの木の大きな葉を一枚、つまんでいるところだった。

「本物じゃないのか」オリーが私に言った。

「本物じゃないのよ」同時に私も言っていた。

オリーは枝を手放したけれど、そのまま壁に貼りついている。オリーにとってクライミングは、私たちが地面を歩くのと同じ感覚なのだ。

「ねえ、ずっとそこにいるつもり？」

どう声をかけたらいいかわからないので、きいてみた。

「じつはさ、マディ、どうしようかって考え中なんだ。できるだけ離れてろって、カーラに言われてるし。あの人、怒《おこ》らせたら、やばそうだし」

「おりても問題ないわ。カーラは、見た目ほどこわくないのよ」

「わかった」

オリーはすいすいとおりてくると、両手をポケットにつっこんで、両脚を足首で交差させ、壁によりかかった。

じっとしているオリーを見るのは、初めてだ。私を驚かせないように、気をつかっているらしい。

「あのさ、入ったら？」

オリーに言われて初めて、ドアノブをつかんだまま、入り口に立っていたことに気づいた。ドアをしめる間も、オリーから目を離さなかった。オリーも私の一挙一動を目で追っている。さんざんメッセージしてきたので、つい知っている気になっていたけれど、いざ目の前に本人がいると、ぜんぜん知っている気がしない。思ったよりも背が高くて、はるかに筋肉質だ。でも、デブじゃない。腕は引きしまっていて、形も良くて、黒いTシャツの袖口は上腕二頭筋でぴちぴちだ。日焼けした肌は琥珀色《こはくいろ》。さわったら、暖かそう。

「想像してたのとちがう」私は、思わず口走っていた。

オリーがにっこりと笑った。右目の下にえくぼができる。

「だよな。想像してたよりセクシーだろ？　いいんだよ、はっきり言っても」

私は大笑いした。「まあ、すごいうぬぼれ！　よくも、ぬけぬけと」

「筋肉もあるし、セクシーだろ、な?」両腕に力こぶを作り、片方の眉をコミカルにつりあげて、すかさず言いかえしてくる。

緊張がほぐれてきた。けれど声をあげて笑っていたら、オリーがだまって見つめるので、すぐにまた緊張した。

「髪が本当に長いんだね。そばかすがあるなんて、一言も言わなかったな」

「言えば良かった?」

「そばかすは、マイナスポイントかも」

と、オリーがほほえむ。また、えくぼができた。すてき。

ソファに移動して、座った。オリーは、まだ部屋の奥のごつごつした壁によりかかっている。

「そばかすはね、私の不幸の元凶なの」

そばかすが不幸の元凶だなんて、ばかばかしい。私の不幸の元凶は〝病気のせいで家を出られないこと〟なのに。そのことにおたがい気づき、また声をあげて笑いあった。

「きみって、おもしろいね」

ひとしきり笑いあったあと、オリーが言った。

私はほほえんだ。おもしろいなんて、自分では考えたこともないけれど、オリーがそう思ってくれるのはうれしい。

なにを言ったらいいかわからず、少しの間、気まずい沈黙が流れた。メッセージでは、沈黙が気になることはあまりない。ほかに気をとられていたせいにして、いくらでもごまかせる。けれど実際に顔をあわせると、頭上に空白の吹き出しが出ているような気がしてくる。

じつを言うと、私の吹き出しは空白でもなんでもない。でも「あなたの瞳はなんてきれいなの」なんて、言えるわけがない。本人が言っていたとおり、オリーの瞳はアトランティック・ブルー。事前に知っていたのに、妙な気分だ。知っているのと実際に見るのとでは、空を飛ぶ夢を見るのと実際に飛ぶくらいのちがいがある。

「それにしても、ずいぶん変わった部屋だねえ」と、オリーがあたりを見まわした。

「うん。私が外にいる気分を味わえるようにって、ママが作ったの」

「外にいる気分、味わえてる？」

「まあ、それなりに。私、想像力はけっこうたくましいの」

「きみって、マジで、おとぎ話のお姫さまみたいだな。『マデリン姫とガラスのお城』とか……」

オリーは、ふと口をつぐんだ。なにかききたそうにしている。

「いいのよ、なんでもきいて」

オリーは手首に巻いていた一本の黒いゴムバンドを何度か引っぱってから、言った。

「いつから病気に？」

「生まれてからずっと」

「外に出たら、どうなるんだ？」

「頭がバーンとはじけちゃう。頭でなければ、肺か、心臓がバーンよ」

「冗談なんて、言ってる場合じゃ……」

私は肩をすくめた。「冗談くらい言わせてよ。ま、手に入らないものは、最初から望まないようにしてるけど」

「なんか、禅の高僧みたいだな。教えを説くべきだよ」

「教えを体得するまで、かなり時間がかかるわよ」私はオリーにほほえみかけた。

オリーはしゃがんで、壁に背をつけて床《ゆか》に座り、両腕を膝《ひざ》に乗せた。いちおうじっとしているけど、動きたくてたまらないのが伝わってくる。運動エネルギーのかたまりなのだ。

「なあ、どこに一番行ってみたい？」

「宇宙以外に？」

「うん、マディ、宇宙以外に」

マディ――。響きがいい。生まれてからずっとオリーにそう呼ばれているみたいで、すごくいい。

「ビーチ。海」

「どんなものか、説明しようか？」

うんうんと、思いのほか強く、うなずいてしまった。悪いことでもしているみたいに、心臓がドキドキする。

「写真やビデオは見たことがあるんだけど、実際に水の中に入るのって、どんな感じ？　大きな湯船につかるみたい？」

「うーん……まあ、そうかな」オリーは、考えこみながらゆっくりと言った。「いや、ちがう。風呂に入るとリラックスするだろ。でも、海につかるのはこわいんだ。濡れるし、冷えるし、しょっぱいし、命がけだし」

意外だった。「海がきらいなの？」

オリーは話に熱が入ってきたのか、にこやかに笑っている。

「いや、きらいじゃない。尊敬してるよ」指を一本立てて、つづけた。「そう、尊敬。究極の母なる自然だからね。荘厳《そうごん》で、美しく、非情で、残酷……。考えてごらんよ。海にはあんなに水があるのに、人間は海で喉《のど》が渇《かわ》いて死にかねないんだ。海の波の目的は、人間の足をすくって、一刻も早くおぼれさせること。大海は人間を丸ごと飲みこんで、げっぷして吐きだしても、これっぽっちも気づかない」

「やっぱり、海がこわいのね！」

「あのさ、まだホホジロザメやイリエワニ、歯が鋭いインドネシアのダツの話もしてないのに――」

「はいはい、わかりました」

私は笑いながら両手をあげて、オリーの話をとめた。

「冗談で言ってるんじゃないよ」オリーはまじめくさって言った。「海は人間の命をうばう」

私にウインクする。「要するに、母なる自然は、とんでもない母親ってことだね」

私は笑いの発作《ほっさ》に襲われて、なにも言えなくなった。

「でさ、ほかになにを知りたい？」

「こんな話のあとで？　もういいわ！」

「まあ、そう言わずに。おれは知識の泉だよ」

「じゃあ、あなたのアクロバットを見せて」

オリーは瞬時に立ちあがり、部屋をじろじろとながめまわした。

「うーん……ちょっとせまいな。よし、外に――」と言いかけて、はっとした。「あっ、マディ……ごめん」

「やめて」私は立ちあがって、片手でオリーをとめた。「同情しないで」

きつい口調になったけれど、重要なことだ。オリーに同情されるのは、耐えられない。

オリーは手首のゴムバンドを引っぱって、一度うなずき、バンドを手放した。

「片手の逆立ちならできるよ」

オリーは壁から離れると、いきなりつんのめるようにして、両手で逆立ちをした。あまりにも優雅に軽々とこなすので、一瞬、ねたましくなった。自分の肉体と、肉体の能力を、なんの迷いもなく信頼できるのは、どんな気分なのだろう？

「……すごい」小声で言った。

「べつに教会じゃないんだから、声をひそめなくてもいいんだよ」

オリーも小声で返してくる。逆立ちのせいで、少し苦しそうだ。

「そうなんだけど、なんとなく、静かにしなくちゃいけない気がして」

オリーはなにも言わず、目をとじて、左手をゆっくり床《ゆか》から離し、脇につけた。ほぼ完璧に静止している。川のせせらぎと、オリーの少し荒くなった息づかいの音しかしない。オリーのTシャツがめくれ、引きしまった腹筋が見えた。お腹の肌も、暖かそうな琥珀色《こはくいろ》だ。私は目をそらした。

「もう、いいわ」

オリーは、一瞬のうちに床に立っていた。

「ほかに、なにができるの？」

とたずねると、オリーは両手をこすりあわせて、にこっとし――次の瞬間、ぱっと一回、後方宙返りをした。次の瞬間には、また壁にもたれ、目をとじて座っている。

「なあ、さっき、どこに一番行ってみたいかたずねたとき、なぜ真っ先に宇宙って言ったんだ？」

私は肩をすくめた。「世界を見てみたいから、かな」

「ふつう世界と言ったら、宇宙じゃないけど」と、オリーがほほえむ。

私はうなずいて、オリーと同じように目をとじた。

「ねえ、こんなふうに感じたこと――」

そのとき、ドアがあいて、カーラがせかせかとオリーを追いだしに来た。

「あなたたち、触れあってないでしょうね？」と、手を腰にあてて詰問する。

私もオリーも目をあけて、見つめあった。急にオリーの体と自分の体を強烈に意識した。

「はい、触ってません」オリーが、私の顔からひとときも目を離さないまま、きっぱりと答える。

その声を聞いて、なぜか顔に血がのぼった。顔と胸全体がじんわりと熱くなる。

人体自然発火は本当に起こる。ぜったい、まちがいない。

← → × ⟳ webdoc.com

# ヒステリー性胃蝶類症

(Hysterical Abdominal
Rhopalocera, HAR)

1匹あるいは複数のオオカバマダラが
胃に住みつく症例

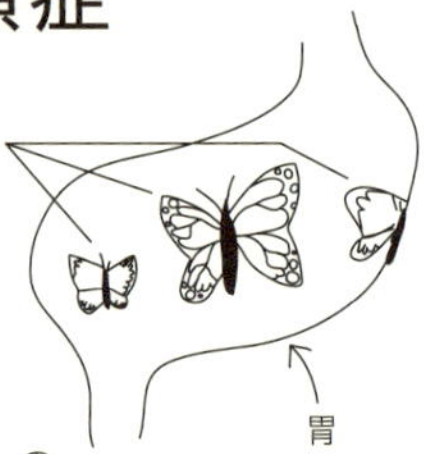


## HARの患者は?

少なくともアメリカ人のティーンエイジャーの
女子1名は、30秒ごとに発作に襲われている。

## 症状

- 吐き気
- 高心拍数
- 注意散漫
- 胃が跳ねる
- めまい

## 原因

通常、HARの発作は、恋愛対象者との接触によって引きおこされる。HAR患者によると、対象者との接触中だけでなく、その前後にも兆候があらわれるとのこと。急性の発症者は、対象者のことを考えただけで、発作を起こす可能性がある。対象者のことを考えずにはいられないという状態にくわえ、HARは……[つづきを読む]

# 広い視野

翌朝――。体の具合が悪いとしか思えず、きっかり十三分間、ベッドに横たわっていた。カーラが出勤してきて、そんなことはないと私を説得するのに、きっかり六分かかった。カーラは私の体温、血圧、心拍数、脈拍数を測定したあと、この症状は恋わずらいだと、高らかに宣言した。

「典型的な症状ね」

「恋なんか、してない。しちゃだめでしょ」

「あら、なぜ?」

「だって、どうなるっていうのよ?」どうにもならないでしょ、と私は両手をあげた。「私が恋するなんて、味蕾《みらい》がない人が料理評論家になるようなものよ。色が判別できない人が画家になるようなもので――」

「ひとりきりで素っ裸で泳ぐようなもの、とか?」

これには吹きだした。「そうそう。意味がないの」

「そんなことないわよ」私を見るカーラの目は真剣だった。「いい、すべて経験できないからって、なにも経験しないほうがいいわけじゃない。それに、悲恋も人生の一ページよ」

「だから、恋なんかしてないってば」

「だから、具合なんか悪くないってば」と、カーラが言いかえしてくる。「なんの心配もいらないわよ」

＊

午前中は気が散って、読書も課題もできなかった。具合は悪くないといくら言われても、自分の体や感覚が気になってしかたない。指先がチクチクしてる？　いつもこんな感じ？　なぜ息が苦しいの？　胃はどのくらい激しく跳ねたら、ほどけないくらい捻《ね》じれるもの？　カーラに体温、血圧、心拍数、脈拍数をもう一度測定してくれ、とたのんだけれど、結果はすべて正常だった。

さすがに午後には、カーラの言い分はもっともかも、と思うようになった。私は恋はしていないかもしれないけれど、オリーに好意は抱いている。本気で大好きだ。家の中をあてもなくさまよっていると、いたるところにオリーが見える。台所で大量のトーストを焼いているオリー。リビングで、私につきあって、好きでもない『高慢と偏見』を読むオリー。私の寝室の白いソファで、黒ずくめの格好で寝ているオリー。

空想はオリーにとどまらない。地上のはるか上空をただよう自分の姿も、くりかえし頭に浮かんでくる。宇宙の片隅から、地球全体を見ている自分。壁やドアにさえぎられることのない視線。時間の始まりと終わりが見える。そう、無限の空間も――。

本当にひさしぶりに、物足りなさをおぼえた。

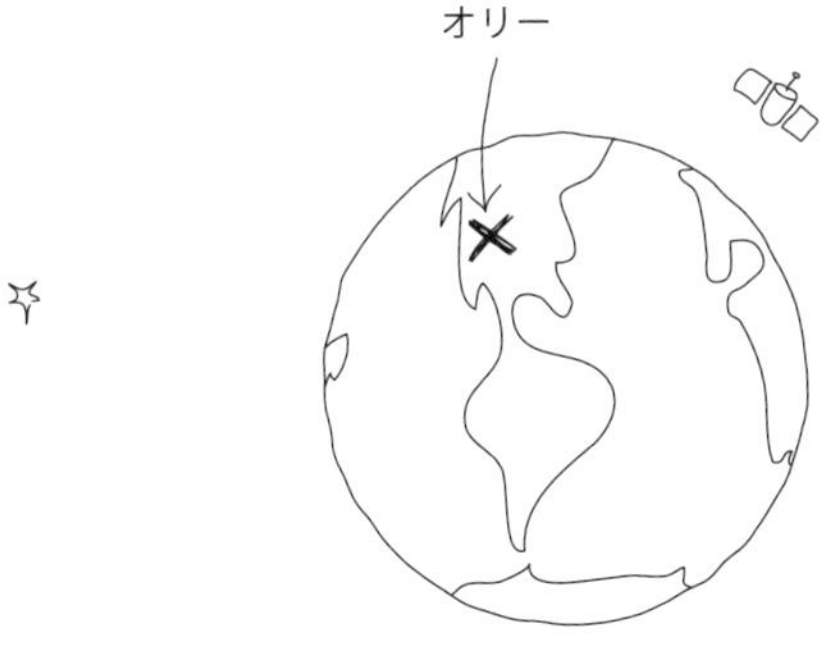

私を一気に現実に引きもどしたのは、この物足りなさだった。物足りなく思うことがこわい。物足りないという感覚は、気づかないうちにじわじわと広がる雑草に似ている。雑草のようにいつのまにか入りこみ、心の窓をふさいでしまうのだ。

オリーには一通だけメールを送って、今週末は目がまわるほどいそがしい、と伝えた。睡眠も必要だし、集中しなければならないし、とも伝えた。それからノートパソコンの電源を落とし、コンセントをぬいて、パソコンごと本の山の下につっこんだ。

それに気づいたカーラが、片眉をつりあげ、物問いたげにこっちを見る。私は無表情で、なにも言わずに見つめかえした。

土曜日はほぼ一日中、微積分を耐えしのんだ。数学は一番苦手な科目で、大きらいだ。〝きらい〟と〝苦手〟は関係があるのかも。夕方には『不思議の国のアリス』――注釈つき、イラスト入りのバージョン――の再読にとりかかった。カーラが帰り支度《じたく》をしていることには、ほとんど気づかなかった。

「ねえ、喧嘩《けんか》でもした？」カーラが、私のノートパソコンのほうへあごをしゃくって、たずねてくる。

私は、ううん、と首を横にふるだけで、なにも言わなかった。

日曜日には、メールを確かめたくてたまらなくなった。受信ボックスが、オリーからの件名なしのメールで、あふれそうになっているかも。例のスピードゲームがまた書いてある？　また話につきあってほしいと思っている？　家族のことを忘れるために？

「だいじょうぶよ、だいじょうぶ」

その日の夜、帰りぎわにカーラはそう言って、私の額《ひたい》にキスしてくれた。

小さな女の子にもどった気がした。

『不思議の国のアリス』を持って、白いソファに移動した。そう、カーラの言うとおり。私はだいじょうぶ。アリスと同じように、迷子にならないようにしているだけ――。

八歳の夏のことが何度もよみがえってくる。あの夏はどうしようもなく物足りなくて、ひたすら落ちこんで、来る日も来る日も窓ガラスに額をおしつけていた。最初は窓の外を見たいだけだった。ところがだんだん外に出たくなり、さらにエスカレートして、近所の子どもたちと遊びたくなった。一生に一日だけ、午後だけでいいから、ふつうの子どものように、いろいろな子と遊びたい――。

だから、メールは確かめなかった。ひとつだけ、確実にいえること。それは、物足りなさはどんどん深まる、ということだ。欲望に果てはない。

## 〈命短し〉TM：マデリンによるネタバレ書評

『不思議の国のアリス』　ルイス・キャロル著
ネタバレ注意：ハートの女王には要注意。首をはねられかねない。

## 鍛錬

オリーからのメールはなかった。ただの一通もない。迷惑メールのフォルダーまでチェックした。

べつにどうでもいいことだ。気にしない。それほどは。

念には念を入れ、二秒間でさらに三回、再読込した。もしかしたら、どこかにかくれているのかも。なにかにまぎれているのかも――。

また再読込しようとしたとき、カーラが入ってきた。

「あら、またパソコンをひっぱり出してくるとは、意外だわ」

「おはよう」画面をちらちらと見ながら、挨拶《あいさつ》した。

カーラはほほえんで、いつものようにバッグから医療器具をとりだしはじめた。なぜバッグをここに置きっぱなしにしないのか、不思議だ。

「なんで、むずかしい顔をしてるの？　また、死んだネコのビデオ？」

カーラは歯を見せて、にたりとしている。『不思議の国のアリス』に出てくるチェシャ猫にそっくりだ。あのチェシャ猫みたいに、いますぐ体が消えていって、にたり顔だけが宙に残るにちがいない。

「オリーがね、メールをぜんぜんくれないの」

カーラは、途方に暮れているという言葉がぴったりの表情をうかべた。

「週末、ずっとよ」状況をはっきりさせるために、一言つけくわえた。

「なるほど」カーラは聴診器を耳につけ、体温計を私の舌の下にはさんだ。「あなたからメールしたの？」

「うん」体温計をくわえたまま、答えた。

「しゃべらないで。うなずいて」

「ほへん」（ごめん）

カーラがあきれ顔をする。ひとまず、体温計が鳴るのを待つことにした。

「三十七度六分」体温計をカーラに返した。「メールは送らないで、っていうメールを送ったんだけどね。私、ヘン？　どうかしてる？」

呼吸音を聞くからあっちを向いて、とカーラが合図する。返答はない。

「ねえねえ、私、どのくらいヘン？」私はせっついた。「レベル一からレベル十で答えて。

レベル一は完璧に冷静で理性的。レベル十は無茶苦茶で明らかに異常」

「レベル八ってところじゃない」カーラの声にためらいはなかった。

レベル十二と言われると思っていたので、なんとなく勝った気がする。カーラにそう言ったら、声をあげて笑われた。

「つまり、メールを送ってくるなと言ったら、本当に送ってこなかった、ってこと？」

「送るな、なんて、太字でデカデカとメールしたわけじゃないわよ。ただ、いそがしいって言っただけ」

からかわれるかと思ったけれど、それはなかった。

「なぜ、自分からメールしないのよ？」

「だって、この前、ふたりで話しあったでしょ。私、オリーのことが好きなのよ。すごく好き。めちゃくちゃ好き」

カーラの顔には〝それだけ？〟と書いてあった。

「マデリン、あなた、ちょっぴり悩ましいってだけで、人生初の友だちをなくしてもいいの？」

心の悩みについて書かれた本は、これまで山ほど読んできた。けれど、その悩みが〝ちょっぴり〟と書かれた本は一冊もなかった。魂がこわれそうとか、世界がくずれそうとか、そういう表現はあったけれど、ちょっぴり、というのはない。

カーラはソファの背によりかかって言った。

「いまはわからないと思うけど、じきにおさまるわよ。新鮮だし、ホルモンが影響してるだけだから」

カーラの言うとおりかもしれない。言うとおりであってほしい。またオリーと、まともにしゃべれるようになるために。

カーラが身を乗りだして、ウインクしてきた。「それに、彼、ハンサムじゃない」

「かなり、ね？」笑いがこみあげてくる。

「ふふっ、ああいうタイプは、もう絶滅したのかと思ってたわよ！」

カーラといっしょに声をあげて笑いながら、ミニサイズのオリーがつぎつぎとコンベヤーに乗って出てくる工場を想像した。じっとしていられないオリーを梱包《こんぽう》して発送するまで、どうやって静かにさせておくのだろう？

「さあ、ほら、連絡！」と、カーラが私の膝《ひざ》をたたいた。「こわがることなら、ほかにいくらでもあるでしょ。恋愛で死んだりしないわよ」

# イエス ノー たぶん

**〈月曜日　午後八時九分〉**

**マデリン**：こんばんは。

**オリー**：よお

**マデリン**：元気？　週末はどうだった？

**オリー**：うん。まあまあ

**オリー**：きみは？

**マデリン**：元気よ、いそがしかったけど。微積分の課題に追われてた。

オリー：ああ、微積分か。変化をとらえる数学だな
マデリン：ワオ！　数学好きっていうのは、じょうだんじゃなかったのね？
オリー：うん
マデリン：あんなメールを送っちゃって、ごめんね。
オリー：ごめんって、メールのどこのこと？
マデリン：全部。ねえ、怒《おこ》ってる？　答えはイエス？　ノー？　たぶん？
オリー：イエス　ノー　たぶん
マデリン：全部ならべたら、意味がないでしょ。
オリー：なぜ、あんなメールを送ってきたの？
マデリン：こわかったから。
オリー：こわいって、なにが？
マデリン：あなたが。
マデリン：そっちも連絡してこなかったわよね。
オリー：迷惑みたいだったから
マデリン：……
オリー：……は、気まずい沈黙って意味？　それとも考え中？

**マデリン**：両方。
**マデリン**：なぜそんなに数学が好きなの？
**オリー**：なぜそんなに本が好きなの？
**マデリン**：数学と本をいっしょにしないで！
**オリー**：なんで？
**マデリン**：本を読めば、人生の意味を見いだせるから。
**オリー**：人生に意味があると？
**マデリン**：本気で言ってないわよね。
**オリー**：まあ、意味はあるかも
**オリー**：じゃあ、人生の意味が見いだせる本はどれ？
**マデリン**：一冊じゃ無理かもしれないけれど、何十冊も読めばわかると思う。
**オリー**：きみは、何十冊も読むの？
**マデリン**：まあ、時間はたっぷりあるし。
**マデリン**：……
**オリー**：考え中？
**マデリン**：うん。私たちの問題について、解決策を見つけたの。

オリー：と言うと？
マデリン：ずっと友だちのままでいる。いい？
オリー：いいよ
オリー：でも、もう、おれの筋肉をじろじろ見ないでくれよな
マデリン：だから、ただの友だちだってば！
オリー：目も見つめないこと
マデリン：そばかすの話はなしね。
マデリン：それと、髪の話も。
オリー：きみのくちびるの話も
マデリン：あなたのえくぼの話も。
オリー：おれのえくぼ、好き？
マデリン：だから、友だちだってば！
オリー：はいはい

# 時間

オリーと再会するまで一週間待つようにと、カーラに言われた。オリーと同じ部屋にいても発作《ほっさ》が一切起きないことを、納得がいくまで確認したいらしい。念のために待て、というのは賛成だけど、一週間が無限に感じられる。時間の流れが、比喩《ひゆ》的《てき》な意味だけでなく、文字どおり遅くなった気がしてならない。

もし本当に時間の流れが遅くなったのなら、大ニュースになるはずだけど。

42 プロジェクト名 ひまつぶしの方法 ノート NO. 29

方法 A
影の長さを測る

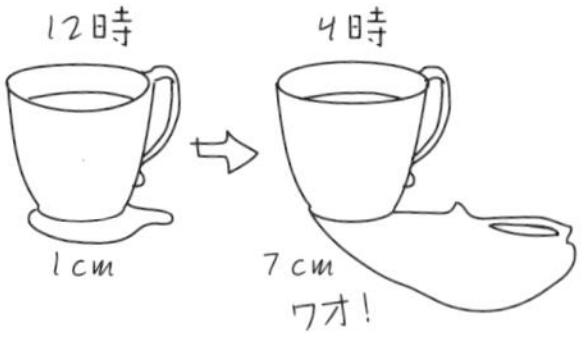


方法 B
接着剤が乾くのを見まもる

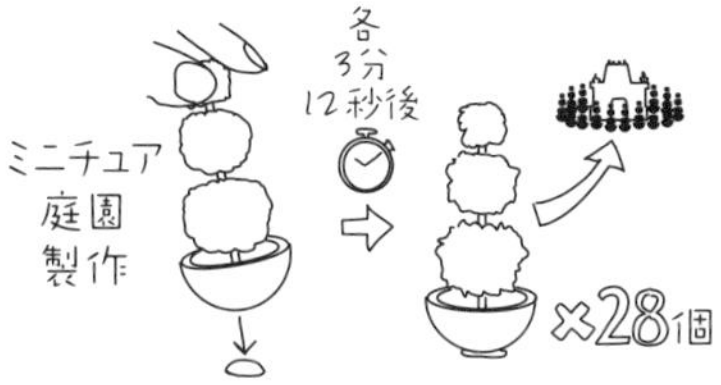


方法 C
電子メールの再読込

方法 D
本の整理

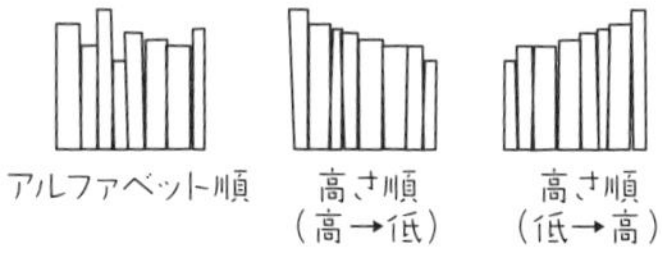


グラフ：感覚時間 VS. 現実時間

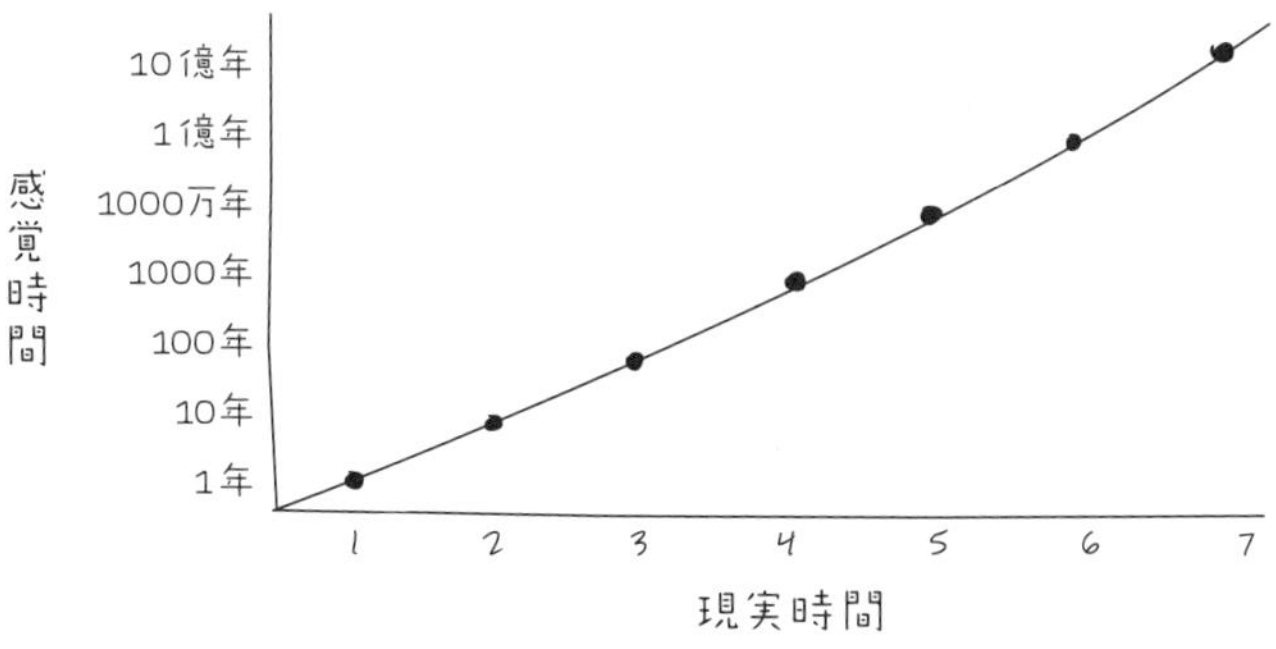


署　名

確認欄

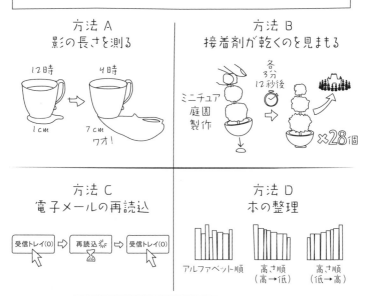

# 鏡よ、鏡

一千万年後、待ちに待った週末がようやくめぐってきた。心が弾《はず》んで、うきうきする。気持ちをおさえようとしても、案外むずかしい。にやけないように意識すると、よけいにやけてしまう。

服選びに四苦八苦する私を、カーラが見まもっている。いままで服装なんて、気にかけたこともない。無頓着《むとんちゃく》もいいところだ。クロゼットには白いTシャツと青いジーンズしかない。ジーンズはタイプ別に――ストレート、スキニー、ブーツカット、ワイドレッグ、ふざけた名称としか思えないボーイフレンドデニム――整理してある。靴はすべてケッズの白いスニーカーで、奥の隅に積みあげてある。家の中ではほとんど靴をはかないので、足に合うサイズが見つかるかどうか、自信がない。靴の山をかきまわしてさがしたところ、同じサイズの左と右がひとつずつ見つかった。足は入ったけれど、ぎりぎりだった。

鏡の前に立ってみた。シャツは靴と色をそろえるもの？　それとも、ハンドバッグとそろえるもの？　私の栗色の肌に一番似合う色は白？　あとで買い物をしようと心に誓った。Tシャツを全色そろえて、自分に一番似合う色を見つけよう。

ママはもう家を出た?と、同じ質問をくりかえしたら、とうとう五回目にカーラに言われた。

「あのねえ、あなたのママのことは、よーく知ってるでしょ。一日でも遅刻したこと、ある?」

ママは、ほかの人が神様を信じるように、時間厳守を信じている。時間は貴重だ、他人の貴重な時間を無駄にするのは失礼だ、と言う。おかげでわが家では、金曜のディナーですら遅刻厳禁だ。

鏡に姿を映し、TシャツをVネックから深いU字のスクープネックに替えた。理由はとくにない。いや、ないわけじゃない。オリーを待っている間に、なにかしないではいられないからだ。

オリーのことをママに話せたらいいのにと、また思った。なぜオリーのことを考えると息が苦しくなるのか、きいてみたい。うきうきする気分をママと分かちあいたい。オリーのおもしろい発言をすべて教えたい。いくらやめようとしても、オリーのことばかり考えてしまうことを告白したい。ママもパパとつきあい始めたころはこうだったのか、とたずねたい。

会ってもだいじょうぶ、きっとだいじょうぶ、と自分に言いきかせた。この前会ったあと、とくに体調をくずさなかったし、オリーは守るべきルールをわかっている。接触はなし、完璧に殺菌消毒、数日中に体調をくずしそうな予感がしたら面会中止だ。

ママに嘘をついても問題ない、と自分に言いきかせた。体調が悪くなることはない。友だちになっても問題はない。

カーラの言うとおり、恋愛で死んだりしない。

## 予測

サンルームに入ると、オリーはまた壁をのぼっていた。今回は天井までのぼっている。

「指先がつかれないの？」

「きついトレーニングで、つねに鍛《きた》えてるからね」オリーがにこやかに笑いかけてくる。胃がぴくんと跳ねた。これはオリーに会う副作用だから、慣れる以外にどうしようもない。

サンルームには、きのうも課題をこなすために来た。その時となにひとつ変わっていないのに、見た目も雰囲気もちがう気がする。オリーがいると、がぜん部屋全体が生き生きする。人工の熱帯植物や木々がいますぐ本物になったとしても、驚かないだろう。

ソファまで歩いていって、オリーから一番遠い端に座った。

オリーが壁からおりてきて、床《ゆか》にあぐらをかいて座り、壁によりかかる。

私は正座して、ボリュームのある髪を整え、腰に腕を巻きつけた。オリーと同じ部屋にいると、なぜ自分の体や体のパーツがこんなにも気になるのだろう？　オリーといると、自分の肌まで気になってくる。

「今日は靴をはいてるんだね」

オリーは、まちがいなく、よく気がつくタイプだ。絵画の位置を変えたり、新しい花瓶《かびん》を置いたり、そういう変化を見のがさない。

私は足元に視線を落とした。

「まったく同じ靴を九足持ってるの」

「へーえ、おれの服にはクレームをつけるのに？」

「だって、黒しか着ないじゃない！　陰鬱《いんうつ》に見えるわ」

「きみと話すときは、辞書がいるな」

「気鬱《きうつ》な感じがするってこと」

「その定義じゃ、よくわからないよ」

「要するに、死神っぽいってこと」

と言ったら、オリーはにやっとしてこっちを見た。

「そっか、大鎌《おおがま》で正体がばれたんだな？　あーあ、うまくかくしたつもりだったのに」

オリーは床《ゆか》にあおむけに寝そべった。両膝《りょうひざ》を立て、手を組んで頭の下に敷いている。

私もつられて姿勢を変え、膝を立てて胸に引きつけ、脚に腕をまわした。

私たちの肉体は、たがいの意志とは関係なく、独自にコミュニケーションをはかっている。これは、友情とそれ以外の感情に差がある証拠？　私がオリーを意識しているせい？

ファンの音とともに、作動中のエアフィルターのブーンという低い音がする。

「あのフィルターはどうなってるんだ？」オリーが天井をじろじろと見た。

「自動制御なの。窓はすべて密閉されていて、入ってくるのは屋根のエアフィルターを通した空気だけ。〇・三ミクロンを超えるものは、エアフィルターにはじかれる。しかも換気システムが、四時間ごとに、屋内のすべての空気を入れかえてる」

「へーえ、そうなんだ」

オリーがこっちへ顔を向けた。私が重病だという事実を受けいれようとしているのがわかる。

私は目をそらした。「費用は、示談金でまかなってるの」オリーにたずねられる前に、つけくわえた。「パパとお兄ちゃんは、居眠り運転のトラックに命をうばわれたの。その運転手は、たてつづけに三回シフトに入って、働いてたんですって。で、ママと示談で話をつけたの」

オリーはまた天井を見上げた。「それは……つらかったね」

「でもね、私、パパのこともお兄ちゃんのことも覚えてないの。ぜんぜん、なにも覚えてない」

ふたりのことを思うたびに味わう感情に――悲しみとは言いきれない悲しみと、後ろめたさに――ふたをしようとした。

「存在を感じたことがないものを恋しがるなんて、ヘンよね。もともと記憶にないんだし」

「そうでもないよ」

しばらく、おたがい無言だった。オリーが目をとじて、たずねてきた。

「人生でひとつだけ、なにか変えられるとしたら、人生はどうなるだろうって考えたりする？」

ふだんは考えないけれど、ためしに考えてみた。もし病気でなかったら？　もしパパとお兄ちゃんが死ななかったら？　私が禅の高僧のように達観していられるのは、こういう不可能なことを考えないからだろう。

オリーがつづけた。「人はだれしも、自分が特別だと思ってる。たとえて言うと、雪の結晶かな。人はだれしも雪の結晶みたいに、まったく同じものはひとつもなくて、ひとつひとつが複雑だ。人の心はぜったいにわからない……みたいな？」

私は、ゆっくりとうなずいた。いまの発言には、おおいに賛成する。でも次の発言にはまちがいなく反対することも、わかっていた。

「おれ、そんなの、ナンセンスだと思うんだ。おれたちは雪の結晶じゃない。いろいろインプットした結果の、アウトプットでしかないんだ」

私は、うなずくのをやめた。「公式みたいってこと?」

「そう、まさに公式だな」オリーは両ひじをついて体を起こし、こっちを見た。「キーとなるインプットは、たぶんひとつかふたつ。それさえわかれば、相手の人物像をつかめる。さらにその人物について、なんでも予測できるようになる」

「そうなの? じゃあ、私は次にどう発言するでしょう?」

オリーは私にウインクした。

「おれのことを野蛮《やばん》で、無作法で——」

「変人だって言うわね」オリーより先に言った。「人間が方程式だなんて、まさか本気で思ってないわよね?」

「どうかな」オリーは、また寝そべった。

「どのインプットを変えたらいいか、どうやって特定するの?」

オリーは長々と、苦しそうに、ため息をついた。

「うん、そこが問題だよな。それにさ、たとえ特定できたとしても、どこまで変えたらいいんだろう? もし、十分といえるレベルまで変えられなかったら? その場合、新しいアウトプットは予測不能だよな。下手《へた》をすれば、事態を悪化させかねない」

オリーは、また体を起こしてつづけた。

「でもさ、もしキーとなるインプットだけ正確に変えられたら、事前にきちんと軌道修正できる」

最後のほうは小声だった。その声には、長年、解決不能な問題をひたすら解決しようと闘ってきた苛立《いらだ》ちがこもっていた。

目があった。オリーは、本音をうっかりもらしたみたいに、ばつの悪そうな顔をしていた。

オリーはふたたび寝そべり、片腕で両目をふさいでつづけた。

「これって、いわゆるカオス理論だよな。インプットがあまりに多すぎて、ほんのささいなインプットが、予想外の事態を引きおこしかねない。なのに、原因のインプットがどれか、正確には特定できない……。しかし、もし正確に特定できるとしたら、天気も将来も人間のことも、予測可能な公式を書ける」

「でも、カオス理論は、それが無理だって言ってるんでしょ?」

「うん」

「人間は予測不能だ、という結論を引きだすのに、そこまでご大層な数学がいるの?」

「あれ、ひょっとしてきみは、すでにその結論に達してる?」

「本よ、本！　とっくに本から学んだわよ」

オリーは声をあげて笑うと、横向きになって、さらに笑った。私も、つられて笑っていた。全身でオリーに応えている。

じろじろ見ないと約束したのに、えくぼをつい見てしまう。オリーのえくぼを指でつついて、その顔にほほえみを残しておきたい。

すべてを予測するのは無理。それでも、一部なら予測できるかも。

たとえば、私はきっとオリーと愛しあうことになる。

そして、その恋愛はきっと不幸な結末をむかえる――。

## マデリン辞書

▼きょうはくかんねん【強迫観念】
1．多大なる関心のある物（あるいは人物）への、多大なる（かつ完全に正当化できる）関心［二〇一五、ホイッティア］

# 秘密

夜中にオリーとしょっちゅうメッセージしているせいで、悪影響が出はじめた。夕食後のママとのムービーナイトで、二晩たてつづけに居眠りしてしまったのだ。

ママは、私が体調をくずしたのか、免疫システムが弱っているのかと、心配しはじめている。そんな複雑な事情じゃない、ただの寝不足だ、とママには伝えておいた。私の病気を思えばしかたないけれど、ママは医者として即座に最悪の事態を想定し、私のような患者に寝不足はこたえるのだと、言われなくてもわかっていることを言った。

私はちゃんと寝るとママに約束して、その晩はいつものように夜中の三時まではなく、二時でオリーとのメッセージを切りあげた。

私にとって、こんなにも大切なことを――大切な人のことを――ママにだまっているのは、なんとなく落ちつかない。いまは、ママとの間に距離ができつつある。

そうなったのは、ママと過ごす時間が減ったせいじゃない。オリーがママにとってかわったわけでもない。

生まれて初めて、ママに秘密を持ったからだ。

# ご注文ありがとうございました

Email

新規作成

受信トレイ
送信済みアイテム
下書き
ゴミ箱
その他 ▾

1 of 2,902

ブルータグにご注文ありがとうございました

bt ブルータグ・カスタマーサービス

支払い方法
ポーリーン・ホイッティア
Visa **** **** **** 4492
金額：$236.19

| 品名 | タイプ | 数量 | 金 額 |
| --- | --- | --- | --- |
| | クラッシックTシャツ（エンライブド オレンジ） | 1 | $29.99 |
| | クラッシックTシャツ（エクスタティック ブルー） | 1 | $29.99 |
| | クラッシックTシャツ（エンラプチャード モス） | 1 | $29.99 |
| | クラッシックTシャツ（アンベアラブル オーカー） | 1 | $29.99 |
| | クラッシックTシャツ（インペイシャント ブラック） | 1 | $29.99 |
| | クラッシックTシャツ（ジタリー ホワイト） | 1 | $29.99 |
| | キャンバスシューズ（ギディ ブルー） | 1 | $54.99 |

# 数占い

昨晩、オリーのお父さんが帰宅後、どなりはじめるまでの時間　８（分）
オリーのお父さんが、ローストビーフを焼きすぎだと文句を言った回数　４
オリーのお母さんが謝った回数　６
オリーのお父さんが、黒いマニキュアをしているカラを変態よばわりした回数　２
オリーのお母さんが、カラのマニキュアを落とすまでの時間　３（分）
オリーのお父さんが、自分のウイスキーをだれか飲んでると言った回数　５
オリーのお父さんが、この家でおれが一番頭がいいんだと言った回数　２
オリーのお父さんが、金を稼いでいるのはこのおれだと言った回数　２
午前三時のメッセージで、オリーがわずかでも気分が明るくなるまでに書きおくった、だじゃれの数　５
オリーがメッセージに「どうでもいい」と書いた回数　７
昨晩の睡眠時間　０
今朝、カラが庭に埋めたタバコの本数　４

オリーのお母さんの「目に見える場所」のあざ　0
オリーのお母さんの「目に見えない場所」のあざ　不明
オリーとまた会うまでの時間　0・5（時間）

## オリーいわく

今日のオリーは壁をのぼっていなかった。かわりに両手をポケットにつっこみ、足指の付け根に体重をかけて、体を軽く上下にゆすっている。すでにおなじみの〝静止ポーズ〟だ。

「オリー」胃の中で蝶が跳ねとぶ〝オリーダンス〟が落ちつくのを待ちながら、入り口で声をかけた。

「よお」睡眠不足のオリーの声は低く、少しかすれていた。「きのうはありがとうな、ずっとつきあってくれて」

ソファに向かう私を、オリーの視線がずっと追いかけてくる。

「おやすいご用よ」

私の声も、かすれ気味で低い。今日のオリーは顔色が悪く、肩を少しすぼめている。ちっともじっとしていないのは、あいかわらずだけど。

「おれ、時々思うんだ。このまま家族を残して、どこかに消えてしまいたいって」

オリーがきまり悪そうに告白した。

なにか声をかけたい。いや、なにかじゃなくて、ほんの数分でも家族のことを忘れられる、これしかないという慰めの言葉を――。けれど、なにも思いつかない。だからこそ、人と人は触れあうのだろう。言葉だけでは足りないこともあるから。

目が合った。オリーを抱きしめられないので、かわりに自分の腰をきつく抱いた。

オリーはなにか思いだそうとするかのように、私の顔に視線をさまよわせた。

「昔からずっときみを知っている気がするのは、なぜだろう?」

それは、私も同じだ。

オリーは迷いが消えたらしく、動きをとめた。

そして、世界は一瞬にして変わることもある、と言った。

罪のない人間などいないけれど、マデリン・ホイッティア、きみはそうかもしれない、と言った。

親父《おやじ》は昔からこんなじゃなかったんだ、とも言った。

# カオス理論

オリー（十歳）とお父さんは、ニューヨークの古いマンションの最上階の部屋で、カウンターに座っていた。クリスマスの時期だったので、外は雪がふっていたかもしれない。いや、ちょうどやんだところか。オリーの記憶の話なので、細かいところはあいまいだ。

オリーのお父さんはココアをいれていた。食通のお父さんはココアをいっさい手抜きせずにいれるのが自慢で、料理用の板チョコを溶かし、脂肪分をいっさい抜いていない高脂肪乳を使う。お父さんはオリーのお気に入りのマグをとりだすと、どろっとしたチョコレートを層にして入れ、そこにコンロで——電子レンジはぜったい使わない——沸騰《ふっとう》寸前まで熱した牛乳を約百七十ミリリットル注いだ。そしてオリーが牛乳とチョコレートをかきまぜる間に、お父さんは冷蔵庫から同じく作りたてのホイップクリームをとりだした。ホイップクリームにはほんのりと、もっと食べたいと思うていどの甘味をつけてある。お父さんはそのクリームを一さじか二さじすくって、オリーのマグに入れた。

オリーはマグを持ちあげて、すでに溶けているホイップクリームに息を吹きかけた。ホイップクリームがミニチュアの氷山のように、表面をすべっていく——。オリーはお父さんの機《き》嫌《げん》を見きわめようと、マグのふちから上目づかいで様子をうかがった。

最近、お父さんの機嫌《きげん》はずっと悪い。

「ニュートンはまちがっていた」と、お父さんは言いだした。「宇宙は決定論的なものではない」

オリーは脚をぶらぶらさせていた。なにを言っているか、意味がわからないこともあるけれど、一人前にあつかってくれるときのお父さんは大好きだった。お父さんが停職となってからは、こういう会話が増えている。

「どういう意味？」と、オリー。

お父さんはいつもオリーがたずねるのを待って、説明する。

「つまりだな、ひとつの出来事が別の出来事につながるとはかぎらないということだ……」

お父さんはそう言うと、音を立ててココアをすすった。お父さんは熱い飲み物を飲むとき、ふうふうと息を吹いて冷ましたりしないで、そのまま飲む。

「すべてを完璧にこなしても、人生は地に墜《お》ちかねないということだな」

オリーは口の中にココアをためたまま、自分のマグを見つめた。

数週間前、お母さんから、お父さんは職場のごたごたが落ちつくまでしばらく家にいる、と聞かされた。具体的な説明はなかったが、オリーは〝詐欺《さぎ》〟と〝調査〟という言葉を立ち聞きしていた。どちらの単語の意味もわからなかったが、お父さんの家族への愛情が前より少し減った気がすることだけはわかっていた。いっぽう家族は、お父さんの愛情に反比例して、お父さんにやさしくしようとしていた——。

電話が鳴った。お父さんが、つかつかと電話に歩みよる。

オリーはココアを飲みこんで、耳をすました。

お父さんは最初こそ、怒《おこ》っていても丁寧な仕事用の声を出していたが、最後にはどなり声になった。

「解雇する気か？　あのバカどもはおれの疑惑を晴らしたと、たったいま言ったくせに！」

お父さんのことを思い、オリーもだんだん腹が立ってきて、マグを置いて椅子からすべりおりた。

「給料なんぞ、どうでもいい！　フィル、よしてくれ。いまクビになったら、全員、おれがやったと——」

ふと、お父さんは動きをとめて、耳から受話器を離し、まるまる一分間、だまっていた。

オリーも、電話の相手の次の言葉ですべて解決すると期待して、息をひそめた。

「ちくしょう。あんまりじゃないか。もう、だれからも声がかからなくなる……」

オリーはお父さんによりそって、なにもかもだいじょうぶだとなぐさめたかった。が、できなかった。すっかり、おびえていたのだ。

そこでココアのマグを持って、そっと部屋を出た。


お父さんが初めて昼間に酔っぱらったのは――暴力をふるい、大声でどなりちらし、記憶をなくすくらい酔っぱらったのは――それから数カ月後だった。

その日、お父さんはずっと家にいて、テレビの金融情報番組に悪態をついていた。怒りを爆発させたのは、その番組のキャスターのひとりが元の勤務先の名前を口にしたときだった。

お父さんは背の高いグラスにウイスキーを注ぎいれ、ウォッカとジンも加えると、ウイスキーのあわい琥珀色《こはくいろ》が消えて水のように透明になるまで、長いスプーンでかきまぜた。

オリーはウイスキーの色が消えていくのをながめるうち、お父さんが解雇された日に、自分がおびえて、お父さんをなぐさめられなかったことを思いだした。あのとき、もしなぐさめていたら、こんなことにはならなかった？　もし、なぐさめていたら？

オリーは思いだしていた。あの日、お父さんが、ひとつの出来事が別の出来事につながるとはかぎらないと言っていたことを。

あの日、自分がカウンターに座って牛乳とチョコレートをかきまぜて、チョコレートは白く、牛乳は茶色くなったことを。

ときとして、いったんまぜてしまったものは、いくら強く望んでも、もう元にもどらない
ということを――。

71 プロジェクト名 オリーの公式 ノート NO. 30

以下の等式でZをもとめよ。

X + Y = Z

ただしXは未知数で不可知であり、
Yも未知数で不可知である。

署名
確認欄

# ふたりのマディの物語

「ママにきかれたわよ。最近、あなたに、どこか変わったところはないかって」カーラがリビングの向こうから声をかけてきた。

私はシリーズ一作目の『ミッション：インポッシブル』を鑑賞中だった。主人公はトム・クルーズが演じる、二重、三重、ときには四重の生活を送るスーパースパイ、イーサン・ハント。ストーリーは終盤にさしかかり、イーサンが正体を明かし、悪者をつかまえようとするところだった。

カーラがもう一度、さっきよりも大きな声で、同じ質問をくりかえした。

「ふーん……カーラはどう思ってるの？」

画面ではイーサンがありえないくらいリアルなマスクをはずして、本当の顔をあらわにしようとしていた。私はつい首をかたむけて、マスクの下をのぞきこもうとした。

と、カーラが私の手からリモコンをもぎとり、一時停止ボタンをおして、リモコンをソファの端に放りなげた。

「えっ、なに？　どうしたの？」さっきから無視していたので、後ろめたい。

「あなたと彼のことをきいてるの」

「って言うと？」

カーラはため息をついて、ソファに座った。「あなたたちを引きあわせたのは、やっぱりまちがいだったわ」

さすがに、これは聞き捨てならない。「ママになんて言われたの？」

「あなた、ママとのムービーナイトをキャンセルしたでしょ？」

いけないことなのは、わかっていた。ママはすごく傷ついた顔をして、がっかりしていた。けれど、夜の九時過ぎまでオリーと連絡がとれないなんて、我慢できない。オリーとは、どれだけメッセージしても物足りない。言葉が次々とあふれてくる。オリーに伝えたいことは、永遠に尽きないだろう。

「あなたがずっと上《うわ》の空《そら》だって言ってたわ。服を大量に注文したんですってね。あと、靴も。あなたが負けるはずのないゲームに負けそうになったとも言ってたわよ」

まずい。

「ママ、なにか勘づいている？」

「ちょっと、それだけ？　いい、よく聞きなさい。あなたのママはね、さびしがってるの。あなたがいないと、ひとりぼっちなの。あなたについて質問したときの顔を、見せてあげたいわ」

「もう、だめ」カーラは片手をあげて、わたしをとめた。「彼と会うのは、なしよ」

カーラはリモコンをひろうと、私から目をそらし、あらぬ方向を見ながら、リモコンをにぎりしめた。

そんな――。パニックで、心臓が暴れはじめた。

「カーラ、お願い。お願いだから、彼をとりあげないで」

「あなたのものじゃないでしょ！」

「そうだけど――」

「ううん、あなた、わかってないわ。彼はあなたのものじゃない。いまはつきあってくれるけど、じきに学校にもどって、ほかの女の子と出会ったら、その子の彼になるの。言っている意味、わかる？」

もちろん、わかる。つい数週間前、私が自分を守ろうとしたように、カーラも私を守ろうとしているだけだ。それでもカーラのいまの言葉で、心臓がほかの臓器と同じように筋肉でできていることを思い知った。心臓も筋肉痛になる。

「うん……」小さな声で答えた。

「ママといっしょに過ごしなさい。男の子はいなくなるけれど、ママは永遠にいなくならないんだから、ね」

カーラは、まったく同じことを娘のローザにも言っているにちがいない。

「わかったわ」

カーラがリモコンを返してくれ、いっしょに一時停止中の画面をながめた。

カーラが膝《ひざ》に手をあてて、よっこらしょと立ちあがる。

「ねえ、本当なの？」部屋をつっきっていくカーラにたずねた。

「本当って、なにが？」

「人は恋愛で死んだりしないって、言ったわよね」

「本当よ。でもあなたのママは、あなたが恋しくて死んじゃうかも……」

カーラが、むりやりかすかにほほえむ。私は息をとめて、次の言葉を待った。

「もう、しかたないわね。会わせてあげる。ただし、分別はわきまえなさい。いい？」

私は、わかった、とうなずいて、テレビを消した。イーサン・ハントも、ぱっと消えた。

そのあとはサンルームに行って、夕方までカーラと別々に過ごした。カーラに腹を立てているわけじゃないけれど、ぜんぜん怒《おこ》っていないわけでもない。

オリーのことをママに秘密にしていいのか、という迷いは、きれいさっぱり消えていた。たった一回、ママとのデートをことわっただけで、あやうくオリーと二度と会えなくなりかけるなんて——。

いままでは、ママに対して秘密を守れるかどうかが不安だった。でもいまは、ママになにも秘密にできないことのほうが心配だ。ママが動揺しているのは、私が新しい服を買ったからじゃない。事前に相談しないで、ママが望んでいない色の服を買ったから。予期せぬ変化がショックだったからだ。

その気持ちはわかるけど、正直、うっとうしい。ママは私を無菌室に安全に閉じこめておくために、あらゆることをコントロールしなければ気が済まないのだ。

ママはまちがっていない。たしかに私はオリーのことばかり考えていて、ずっと上《うわ》の空《そら》だった。だから、ママはまちがっていない。

それでも、やはりうっとうしい。親離れは、成長のひとつなのでは？　重病人の私には、これっぽっちの自由もゆるされないのか？

とはいえ、後ろめたさもぬぐえない。ママは、人生のすべてを私に捧《ささ》げてきたのだ。そんな献身的なママを、恋の予感のせいで切りすてるのは、身勝手すぎる？

午後四時の検診で、ようやくカーラと合流した。

「ねえ、カーラ、突発性の統合失調症なんてある?」

「なぜ? 発症したの?」

「したかも」

「いまのあなたは、良い子のマデリン? 悪い子のマデリン?」

「わかんない」

カーラは私の手をそっとたたいて言った。

「ママに、やさしくしてあげて。ママには、あなたしかいないんだから、ね」

# フリーダムカード

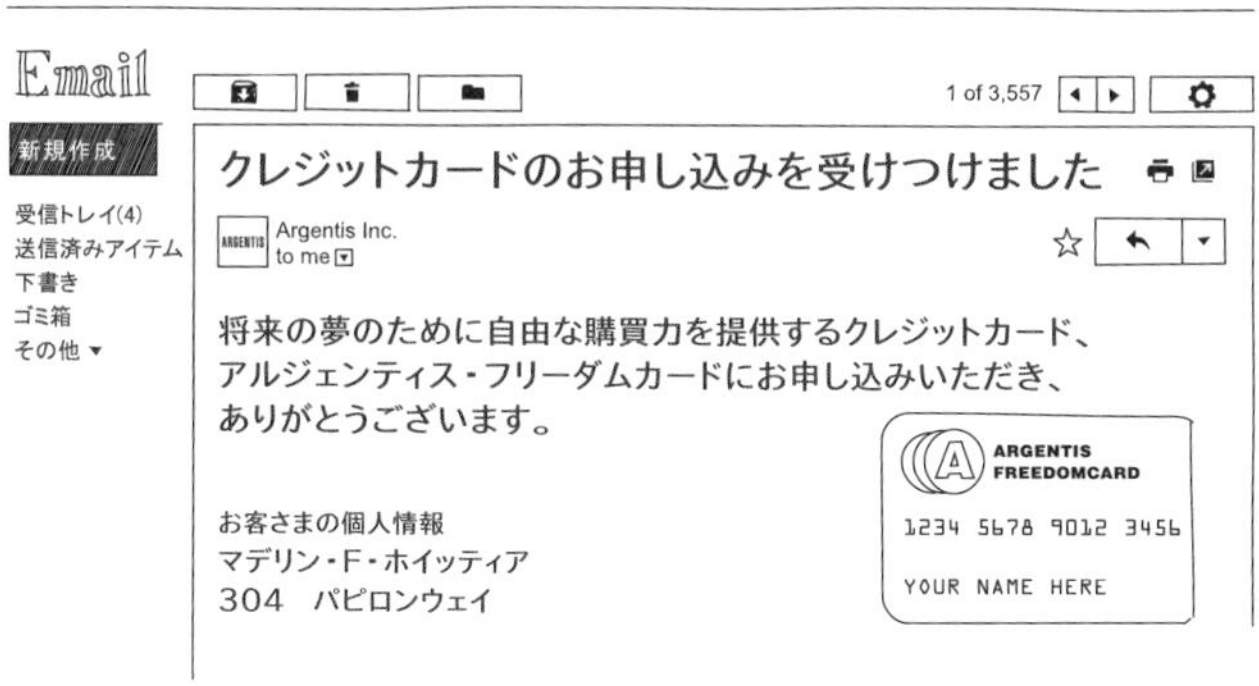
Email
新規作成
受信トレイ(4)
送信済みアイテム
下書き
ゴミ箱
その他
1 of 3,557
クレジットカードのお申し込みを受けつけました
ARGENTIS
Argentis Inc.
to me
将来の夢のために自由な購買力を提供するクレジットカード、
アルジェンティス・フリーダムカードにお申し込みいただき、
ありがとうございます。
お客さまの個人情報
マデリン・F・ホイッティア
304　パピロンウェイ
ARGENTIS FREEDOMCARD
1234 5678 9012 3456
YOUR NAME HERE

# 逆立ち

ふつうの人は緊張するといらいらして、行ったり来たりする。オリーの場合は、それが大《おお》股《また》になる。

「もう、オリーったら！　ただの逆立ちでしょ。壁によりかかるんだし。だいじょうぶだってば」

逆立ちのやり方を教えてくれと、オリーを説得しにかかって一時間になる。

「手首や上半身の力が足りないだろ」オリーは、ぶつぶつとぼやいた。

「それはさっきも言ったじゃない。それに、力はあるわよ」私は片腕に力こぶを作ってみせた。「体重と同じ重さの本をベンチプレスできるもの」

オリーはかすかにほほえむと、ありがたいことに、うろつくのをやめた。手首のゴムバンドをはじきながら、私の全身をざっとながめ、無言で体力不足の烙印《らくいん》をおす。

私はできるだけ大げさに、あきれかえった顔をした。

「わかったよ」オリーも負けないくらい大げさに、ため息をついた。「じゃあ、しゃがんで」と、お手本のつもりで自分もしゃがむ。

「しゃがむくらい、ひとりで――」

「いいから、集中して」

私は、しゃがんだ。

オリーは部屋の向こうから私の体勢をチェックして、細かい指示を出した――両手は三十センチくらい離して。腕はまっすぐ、ひじを膝《ひざ》につけて。指先は広げて。

「よし。じゃあ、つま先が床《ゆか》から浮くまで、体重を少し前にかけてみて」

体重を前にかけすぎて、前に転がってしまった。

「あーあ」と、オリー。くちびるを引きむすんでいるのは、笑いをこらえているせい。えくぼで、すべてばれている。

私は、また床に手をついた。

「体重はもっとかけていい。体はあまり傾けないで」

「これでも体重をかけてるんだけど」

「うーん、ちがうんだよなあ。よし。じゃあ、見てて」オリーはしゃがんだ。「両手を三十センチくらい離して、ひじを膝につけて、指先を広げる。で、ゆっくりと、少しずつ、体重を前に……肩にかけて……つま先を床から浮かせて……あとは床を蹴るだけだ」

オリーは、いつものように優雅に軽々と逆立ちをした。動いているときのオリーの穏やかな物腰に、またしても心が震えた。オリーにとって運動は、瞑想《めいそう》のようなもの。肉体は現実からの逃避先。かたや私にとって肉体は、自分と現実を隔《へだ》てる、ただの檻《おり》。

「もう一度、見たい？」スムーズに足を床《ゆか》にもどしながら、オリーが言った。

「ううん」

オリーに言われたとおり、肩に体重をかけたが、うまくいかない。成功しないまま、一時間ほど過ぎた。二の腕は筋肉痛なのに、下半身はあいかわらず地面から離れそうにない。何度も何度も失敗し、いちいち悲鳴をあげないことだけは上達した。

「ひと休みする？」オリーがあいかわらず笑いをこらえて、声をかけてくる。

私はオリーをひとにらみし、あごを引いて、また体重を前にかけた。が、またしても失敗した。さすがのオリーも、声をあげて笑いだす。

私も一息ついて、あおむけに寝そべり、いっしょに笑っていた。けれど数秒後には、またしゃがんで、元の姿勢にもどった。

オリーが、あきれて首を横にふる。「きみが、こんなに頑固とはなあ」

私だって、自分がここまで頑固とは知らなかった！

オリーがパンと手をたたいた。「よし、別のアプローチでいこう。目をとじて」

目をとじた。

「じゃあ、想像して。いま、きみは宇宙空間にいる……」

目をとじると、オリーを近くに感じる。まるで部屋の向こうではなく、すぐ隣にいるみたいだ。オリーの声が首筋をすべるようにのぼってきて、耳の中にそっと入ってくる――。

「星がたくさん見えるだろ？　ほら、小惑星も。人工衛星がぽつんと通りすぎていく。重力はない。きみは無重力だ。体を使って、なんでもできる。あとは、なにをするか、考えるだけでいい……」

私は体を前にかたむけて――ふいに、上下が逆さまになった。最初は、成功した実感がわかなかった。でも、まばたきをくりかえしても、世界は逆さになったままだ。血が逆流して、頭が重くなり、くらくらする。重力のせいで、くちびるが笑っているみたいに引っぱられ、まぶたも引っぱられて目をあけた。自分の体が、どきどきするほど新鮮に感じる。

二の腕がふるえだし、垂直だった体がかたむいて、両脚が壁にぶつかった。壁を蹴ると、反動で元にもどって、しゃがんでいた。

「おみごと！」オリーが拍手してくれた。「数秒間、逆さのままでいられたじゃないか。すぐに壁なんかいらなくなるよ」

「すぐにと言わずに、いまはどう？」もっとやりたい。オリーが見ている逆さまの世界をもっと見たい。

オリーはためらい、とめようとした。が、私と目が合うと、うなずいて、見まもろうとしゃがんだ。

私は体重を前にかけて、床《ゆか》を蹴った。とたんに体がぐらついて、ひっくりかえりそうになる――。次の瞬間、オリーがすぐそばにいた。足首をつかんで、私を支えている。

全身のあらゆる神経が、足首に集中した。オリーが触れている足首の皮膚《ひふ》が一気に目ざめ、すべての細胞が興奮する。生まれて初めて人に触れられた気分だ。

「おろして」と言ったら、オリーはゆっくりと両脚を床までおろしてくれた。

オリーが部屋の向こうにもどるのを待った。けれど、もどる気配はない。

考えるより先に立ちあがって、オリーと向かいあっていた。一メートルも離れていない。その気になれば、手をのばして触れられる距離だ。ゆっくりと視線をあげて、オリーと目を合わせた。

「だいじょうぶ?」と、オリー。

うん、と言うつもりだったのに、首を横にふっていた。離れなければ――。オリーも私も離れないと――。オリーは向こう側にもどらなければいけないのに、その目はもどらないとつげている――。心臓が激しく脈打っていた。あまりにも激しすぎて、オリーにも鼓動が聞こえたにちがいない。

「マディ？」オリーが問うように私の名を呼んだ。

オリーのくちびるに、視線を吸いよせられる。

オリーが右手をのばし、私の左手の人差し指をにぎった。オリーの手は荒れていて、たこができていて、ごつごつしているけれど、すごくあたたかい。オリーは私の人差し指の関節を親指ですっと一回なでてから、人差し指をぎゅっと包みこんだ。

私は自分の手に視線を落とした。

友だちなら、触れあってもいいはずよね、ね？

ほかの指もからませられるよう、人差し指を外して、オリーと手のひらを合わせた。

またオリーの目をのぞいたら、瞳に私が映っていた。

「ねえ、なにが見えてる？」

「まずは、そばかすかな」

「こだわるのね」

「ちょっと気になるだけだよ。鼻とほおに、チョコレートをふきつけたみたいだね」オリーの視線が、私のくちびるから目へと、上下に動く。「きみのピンク色のくちびるは、かむともっとピンクになる。おれに反論しようとするときは、よくかむよね。気をつけてくれないかな。かむことのほうだけど。くちびるをかむと、ぐっと魅力が増すからさ」

なにか言わないと。オリーをとめないと――。でも、声が出ない。

「髪がこんなに長くて、ふわっとカールしている子は、初めてだよ。雲みたいだね」

「雲が茶色……ならね」ふさがっていた喉《のど》から、ようやく声をしぼり出せた。

「うん、ふわふわカールの茶色い雲だな。それと、目。きみの目は色が変わるんだ。黒かと思えば、茶色のときもある。目の色ときみの気分の関係をつきとめようとしてるんだけど、まだ解明できなくて……。これからもずっと観察させてもらうよ」

「目の色が変わるからって、気分まで変わるとはかぎらないわよ」なにか言いたくて、言ってみた。

オリーはにこやかに笑って、私の手をにぎりしめた。「きみには、なにが見えてる？」

答えたいのに、答えが出てこない。首を横にふって、触れあった手と手と見つめる――。

そのまま、わかることとわからないことの間を行き来しているうちに、カーラの足音が聞こえたので、しぶしぶ離れた。

いままでとはちがう自分が、生まれて、消えた。

## 皮膚

人間の細胞は平均して七年ごとにほぼ入れかわると、本で読んだおぼえがある。さらに驚いたことに、人間の皮膚《ひふ》の表層は二週間ごとに入れかわるらしい。もし全身の細胞が入れかわるとしたら、人間は不死身になるだろう。でも実際には、脳細胞のように再生しない細胞もある。そういう細胞は老化して、肉体を老化させる。

二週間後、私の皮膚は、オリーの手が触れた記憶を失ってしまうけれど、私の脳細胞はずっと記憶しているだろう。

不死身か、記憶か。どちらかは手に入るが、両方は手に入らない。

## 友情

〈同日　午後八時十六分〉
オリー：今日は早くログインしてるね

**マデリン**：課題がたくさんあるって、ママに言ってきたの。

**オリー**：だいじょうぶ？

**マデリン**：体調をくずしてないかってこと？

**オリー**：うん

**マデリン**：いまのところは、だいじょうぶよ。

**オリー**：不安？

**マデリン**：ううん。べつに。

**マデリン**：きっとだいじょうぶだから。

**オリー**：やっぱ、不安なんだ

**マデリン**：まあ、少しは。

**オリー**：余計なことをしちゃったね。ごめん

**マデリン**：あやまらないで。後悔してないから。とても貴重な体験だったし。

**オリー**：いや、それでも

**オリー**：本当にだいじょうぶ？

**マデリン**：生まれ変わった気分よ。

**オリー**：手をつないだだけだよ。キスしたらどうなるかな

**マデリン**：……

**マデリン**：友だちはキスなんてしないわよ、オリー。

**オリー**：親友同士ならすることもあるよ

## 調査

オリーと触れあってから、二十四時間後――。

キスのことしか考えられない。目をつぶるたびに『キスしたらどうなるかな』というオリーの言葉がうかんでくる。ふと、キスについてなにも知らないことに気づいた。もちろん本で読んだことはあるし、映画でもさんざん見たので想像はつく。けれど、自分がキスされるなんて――ましてやキスするなんて――ただの一度も、想像したことがない。

今日また会っても問題ないとカーラには言われたけれど、あと二、三日、様子を見ることにした。オリーが足首に触れたことや、手をつないだこと、おたがいの息づかいがわかるくらい近づいたことを、カーラは知らない。言うべきだけど、言いたくない。オリーと会えなくなってしまうのがこわいから。

またひとつ、嘘がふえた。

いまの私にとって、嘘をついていない相手は、オリーだけ。

オリーと触れあってから、四十八時間後——。

いまだに、なんの異常もない。カーラの目をぬすんで看護日誌をちらっと見たけれど、血圧も脈拍も体温もすべて問題なし。危険な兆候は、なにもない。

オリーとキスするなんて——。想像すると、体が少しおかしくなる。けれど、これはきっと、ただの恋わずらいだ。

16 プロジェクト名 キス入門 1　　ノート NO. 17

## 事前準備チェックリスト

☑ リップクリーム

☑ 相手が手を置く可能性のある場所

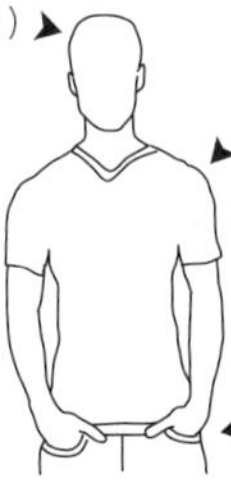


## テクニックの予行演習

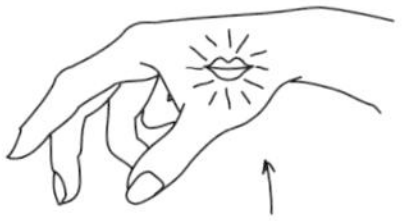

☑ 親指と人差し指の
間のやわらかい場所

☑ クッション

☑ ひょうたん

署　名

確認欄

17 プロジェクト名 キス入門　2　ノート NO. 17

キスにぴったりの雰囲気作り

---

雨

ムードを盛り上げる効果あり

出典：映画『きみに読む物語』『フォー・ウェディング』

---

携帯式オーディオ機器

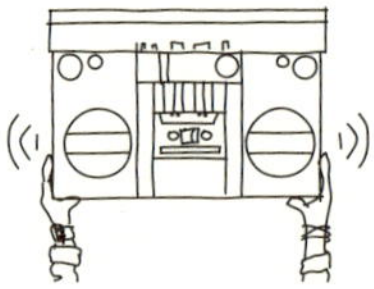

場を盛り上げる音楽を提供

出典：ほぼすべてのロマンチックコメディー

---

愛の叙事詩

暗記して、
キスの直前に提供

署　名

確認欄

18 プロジェクト名 キス入門 3　ノート NO. 17

# キスの手順

## キスの可能性を確認し合う

普通より長い時間の

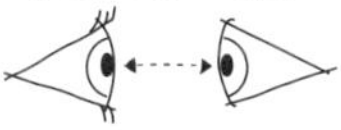

アイコンタクト

## 正しいかたさになるまで、くちびるをすぼめる

かたすぎ

やわらかすぎ

## 鼻の衝突回避のために顔をかたむける

## 前傾姿勢をとる

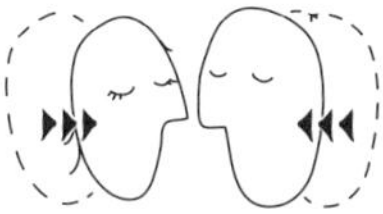

残りの距離は
相手がちぢめてくれる

## 接触する

3～5秒間
おしつけておく

## ゆっくりと離れる

注意：
目はとじたまま！

署名

確認欄

# 生きるか死ぬか

今日のオリーは、壁をよじのぼっていなかった。ソファの端にも座っていない。部屋の真ん中に座って、ひじを膝《ひざ》に乗せ、ゴムバンドを引っぱっては放している。

私は入り口でためらった。オリーの視線は私の顔から一時も離れない。同じ空間にいたい、同じ空気を吸いたいという、どうにも抑えがたいこの気持ちを、オリーも感じている？

なんとなく迷って、ぐずぐずしていた。オリーの定位置だった、あの壁の隣に行く？ それとも、ここまま入り口にいる？ 調子に乗るのはやめようと言う？ ううん、無理。言えない。そもそも言いたくない。

「オレンジ色がよく似合うね」ようやくオリーが口をひらいた。

新しく買ったTシャツを着てきた。Vネックで、タイトなTシャツ。オリーのいまの一言で、一番のお気に入りの服になった。まったく同じものを、あと十枚買ってもいいかも。

「ありがとう」

胃に片手をあてた。例のヒステリーを起こす蝶たちが、胃の中でまたそわそわしている。

「別の場所に移ろうか？」と、オリー。ゴムバンドを親指と人差し指でピンと引っぱっている。

「そうね……」

オリーがうなずいて、腰をあげようとする。

「ううん、待って」

もう片方の手も胃におしあてて、オリーのほうへ近づくと、一足分の距離をあけて座った。オリーがゴムバンドを放し、パチンと手首に当てた。その肩から緊張が解けていく。そんなに緊張していたなんて——。

私は両膝《りょうひざ》をぴったりつけて、肩を丸めた。小さくなれば近くにいてもかまわないと言わんばかりに、できるだけ体をちぢめる。

オリーが膝から片方の腕をあげて、手をさしだし、おいでと誘うように指を動かした。すべてのためらいが瞬時に消えて、オリーの手に自分の手をすべりこませた。まるで生まれてからずっと手をつないでいたみたいに、指と指がなめらかに組みあわさった。オリーとの距離が、いつのまにか、ちぢまっている。

近づいたのは、オリーのほう？　それとも、私？

ももが触れあい、おたがいの腕であたためあい、肩をオリーの二の腕におしつけながら、ぴったりならんで座っていた。オリーが親指で私の親指をこすり、関節から手首へとなぞっていく。皮膚《ひふ》の細胞のひとつひとつが、目ざめていく――。

病気ではないふつうの人は、いつもこういうことをしているもの？　ぞくぞくする興奮に、なぜ耐えられるのだろう？　なぜ、四六時中触れないでいられるの？

オリーが私の手をそっと引っぱる。問いかけているのだ。つながれた手から視線をあげると、オリーの顔と目とくちびるがせまろうとしていた。近づいたのは、私のほう？　それとも、オリー？

オリーの息はあたたかい。オリーのくちびるが、蝶の羽のようにさっと、私のくちびるをかすめる。まぶたが、ひとりでにとじた。ロマンチック・コメディは正しい。目はとじなければいけない。

オリーが身を引き、私のくちびるがすっと冷えた。私、なにかミスをした？　ぱっと目をあけると、オリーの青い瞳が影を帯びながら、ぐっとせまってくる――。

オリーは、つづけるのもやめるのもこわいかのように、キスしてきた。私はオリーのシャツの前をつかんで、にぎりしめた。

胃の中で、蝶たちが派手に暴れまくる。

オリーが私の手をにぎりしめた。私はくちびるをひらき、おたがいを味わった。オリーは塩キャラメルと太陽の味がした。塩キャラメルと太陽は、たぶんこういう味なんだと思う。

私が味わったことのない味。希望と、可能性と、将来の味だ。

今度は私が先に身を引いた。といっても、息が切れただけ。できることなら一生、毎日、二十四時間こうしてずっと、オリーとキスしたい。

オリーが額《ひたい》をあわせてきた。鼻とほおに息がかかって、あたたかい。オリーの息は、ちょっぴり甘かった。もっとほしいと思うくらいの、ほんのりとした甘さだ。

「キスって……こういうもの？」息を切らしながら、たずねた。

「いや。こんなのは初めてだ」オリーの声は驚きをふくんでいた。

こうして、とつぜん、すべてが変わった。

## 本音

〈同日　午後八時三分〉

**オリー**：ママとのムービーナイトはなし？

**マデリン**：キャンセルしたの。きっとカーラに怒《おこ》られちゃう。

**オリー**：怒られるって、なぜ？

**マデリン**：ママともっといっしょに過ごすって約束したから。

**オリー**：おれのせいで、生活が台無しになってるんだな

**マデリン**：ううん、そんなふうに考えないで。

**オリー**：今日は、おたがい、どうかしてた

**マデリン**：そうね。

**オリー**：なにを考えてたんだろうな？

**マデリン**：さあ。

**オリー**：距離を置いたほうがいいかな？

**マデリン**：……

オリー：ごめん。きみを守りたいんだ
マデリン：守ってほしいなんて、思ってないとしたら？
オリー：って言うと？
マデリン：さあ。
オリー：きみには無事でいてほしいんだ。きみを失いたくない
マデリン：まだ深い仲じゃないのに！
マデリン：後悔してる？
オリー：なにを？　キスしたこと？
オリー：本音で？
マデリン：もちろん。
オリー：ううん
オリー：きみは後悔してる？
マデリン：ううん。

# OWTSYD（アウトサイド）

私の潜在意識は全世界と組んで、私に罰をあたえようとしていたのかも――。

その晩は、書斎でママとフォネティック・スクラブルをしていた。いまのところ、手持ちのカードでOWTSYD（アウトサイド）、FRIDUM（フリーダム）、SEEKRITS（シークレット）という単語をひねりだせた。SEEKRITSはSの隣に手持ちのカード七枚をすべてならべられたので、ボーナスを獲得できた。ママは、しかめ面《つら》でゲームのボードをながめている。てっきりダメ出しをされると思ったのに、ママはなにも言わず、得点を計算した。なんと、初めてママに勝てそうだ。現時点で七点勝っている。

私は得点表を見てから、ママに視線をもどした。「ねえ、計算、本当に合ってる？」ママを打ち負かすなんて、すごく気がひける。

念のために計算したら、ママの計算は正しかった。

ママの視線を痛いほど顔に感じるけれど、手元の得点表から目をそらさなかった。今夜のママはずっとそうだ。解かずにはいられないパズルでも見るように、私をずっと観察している。いや、私が妄想してるだけ？　この瞬間もオリーといっしょに過ごしたいなんて、自分勝手なことを思っている自分が、後ろめたいだけ？

オリーといると、一瞬ごとに新たな発見がある。一瞬ごとに新たな自分を発見する――。ママは私から得点表をとりあげ、私のあごを持ちあげて、目を合わせた。「いったい、どうしちゃったの？」

嘘をつこうとしたそのとき、外でかんだかい悲鳴があがった。さらに別の悲鳴がつづき、言葉がはっきりしない怒声と、ドアが荒々しくしまる音がする。

ママも私もとっさに窓のほうを向き、私は立ちあがろうとした。けれどママは私の肩をおさえつけ、首を横にふった。しかたなく、しばらく我慢したけれど、「やめて！」という悲鳴があがると、ママも私も窓へ走った。

オリーとお母さんとお父さんがポーチにいた。見た目は、たとえて言うと、苦悩と恐怖と怒りの三角関係だ。オリーは拳《こぶし》をにぎり、足をひらいて床《ゆか》を踏みしめ、ファイティングポーズをとっている。ここからでも、腕と顔に青筋を立てているのがわかった。お母さんが一歩近づいたけど、なにか言って下がらせている。

オリーとお父さんがにらみあった。お父さんは右手に酒のグラスを持っていて、酒をがぶ飲みしつつ、オリーから目を離さない。お父さんが空《から》のグラスをお母さんにつきだした。お母さんが受けとろうとする。が、またしてもオリーになにか言われて、とまった。お父さんがグラスをつきだしたまま、お母さんをにらみつける。けれど、お母さんは動かない――。

だが、お母さんの抵抗は長つづきせず、結局、お父さんに一歩近づいた。お父さんが、怒りをあらわに、お母さんに乱暴につかみかかろうとする。次の瞬間、オリーがふたりの間に割って入り、お父さんの腕をはたいて、お母さんを脇におしやった。

怒りをつのらせたお父さんが、オリーに殴りかかった。が、オリーにつきとばされて、壁にぶつかった。それでも、たおれはしない。

オリーは試合前のボクサーのようにジャブをくりだしながら、軽やかに足を動かしている。お父さんの注意を、お母さんからそらそうとしているのだ。その作戦は成功し、お父さんがまた殴りかかってきた。オリーはくりだされた拳《こぶし》を右に左によけると、次の拳がつきだされた瞬間、背後の階段へとジャンプした。お父さんは空振りし、勢いあまって階段を踏みはずした。コンクリートにぶざまに投げだされ、うつぶせのまま動かなくなる。

オリーがぴたっととまった。お母さんは両手で口をおさえている。ママが私の肩に腕をまわした。私は窓に額《ひたい》をおしつけ、窓の下枠をつかんでいた。全員の視線がお父さんに集中した。一秒、二秒、三秒……。恐怖と安堵《あんど》がいりまじった時間だけが過ぎていく。

最初に動いたのは、オリーのお母さんだった。階段をかけおり、お父さんの隣にしゃがんで背中をさすり、オリーの合図を無視して、お父さんのほうへかがみこむ。その瞬間、お父さんがさっとあおむけになり、大きな手でお母さんの手首をむんずとつかんだ。勝ちほこった顔で、お母さんの手を優勝トロフィーのように宙につきあげ、お母さんをひきずりながら立ちあがる。

またしてもオリーが、ふたりの間にすばやく割って入った。が、今度はお父さんも動きを読んでいた。猛スピードでお母さんを放し、オリーのシャツの襟《えり》をつかんで、腹にパンチをお見舞いする。

お母さんが絶叫した。つづいて私も絶叫した。お父さんが、またオリーの腹を殴る。そのあとどうなったかは見ていない。私はママをふりほどいて、走っていた。考えるより先に体が動く。書斎を出て、廊下をかけぬけ、気密室から玄関の外へ、あっという間に飛びだしていた。

自分でも、どこへ向かっているのかわからない。とにかく、オリーの元へ行かなければ。なにをしているのかわからない。とにかく、オリーを守らないと――。

芝生《しばふ》の庭を全速力でつっきって、隣との境界まで来ると、またパンチをくりだそうとするお父さんに向かって絶叫した。「やめて！」

オリーもお父さんも一瞬ぴたっと動きをとめ、ぎょっとしてこっちを見た。お父さんは酔いがまわってきたのか、よろめきながら階段をのぼって、家の中に消えた。お母さんも後につづく。

オリーは腹をおさえて、体を折りまげた。

「だいじょうぶ?」

オリーがこっちへ顔をあげた。その表情が苦痛から困惑へ、恐怖へと変わっていく。

「もどれ……早く!」

ママが私の腕をつかんで、引っぱった。半狂乱で引っぱっているのが、ぼんやりとわかる。

ママは思ったよりも力があるけれど、オリーに会いたいという私の思いには勝てなかった。

「ねえ、だいじょうぶなの?」その場にとどまって、もう一度、大声でたずねた。

オリーはどこか痛むのか、おそるおそるゆっくりと背筋《せすじ》をのばしたが、痛そうな表情は見せなかった。

「マディ、おれはだいじょうぶだから。もどってくれ。たのむ」

私とオリーの間に、おたがいの思いやりが重く漂《ただよ》った。

「おれは、本当に、だいじょうぶだから」オリーがくりかえす。

私はようやくママに身をゆだね、引っぱられて立ちさった。

気密室にもどって初めて、自分がなにをしでかしたか、わかってきた。たった今、本当に、外に飛びだした？

ママは私の二の腕をすさまじい力でにぎったまま、私を強引に自分のほうへ向かせた。

「いったい、なんなの」ママの声はかんだかくて、混乱していた。「なぜ、あんなまねを？」

「あの、だいじょうぶだから」ママがきいてもいないことに答えていた。「たった一分だから。一分もたってないから」

ママは腕を放し、私のあごに手をかけて、上を向かせた。

「なぜ赤の他人のために、命を危険にさらすの？」

私は、自分の気持ちをかくせるほど、嘘が上手じゃない。すでに私の肌は、オリーをとりこんでいる。

ママに見ぬかれた。「赤の他人じゃないのね？」

「ただの友だちよ。ネットの友だち」一息いれて、つづけた。「あの、ごめんなさい。なにも考えてなくて。だいじょうぶかどうか、たしかめたかっただけなの」

両腕をさすった。鼓動が早すぎて、心臓が痛い。事の重大さに恐れおののき、体が震える。私が急に震えだしたので、ママは詰問をやめて、医者モードになり、「なにか触った？」と、何度も何度も確認した。

私は、ううん、触ってない、と何度も何度も答えた。

ママにきつく言われて、シャワーをあびた。

「さっき着ていた服は、全部捨てるわよ」ママは、私のほうを見ようとしない。「この二、三日は、いつも以上に気をつけないとね。万が一……」

そこから先はこわくて言えないのか、ママはとちゅうで言葉を切った。

「一分もたってなかったわ」ママと自分をなぐさめたくて、言ってみた。

「たった一分が、命取りになりかねないのよ」ママの声は上《うわ》の空《そら》だ。

「ママ、ごめんなさい。私――」

ママは片手をあげて私をさえぎり、首を横にふった。「よくも……よくも、こんなまねができたわね」ようやく、私の目を見る。

こんなまねとは、外に出たこと？　それとも、ママに嘘をついたこと？　私には、どちらの質問も答えようがなかった。

ママがいなくなったとたん、オリーに会いたくて、窓辺に行った。けれど、オリーはいなかった。たぶん屋上にのぼっているのだろう。

ベッドに入った。

さっき、本当に外に出た？　外の空気は、どんなにおいだった？　風は吹いていた？　素足で地面に触れた？　両腕と顔を触ってみた。どこか変わっている？　私は変わった？　生まれてからずっと、外の世界に出るのが夢だった。けれど、ようやく外に出たのに、なにひとつ覚えていない。

腹の痛みで体を折りまげた、オリーの姿しか覚えていない。もどってくれ、というオリーの声しか覚えていない。

## 第三のマディ

その晩――。うとうとしていると、寝室のドアがあいた。入り口にママがたたずんでいる。眠っているふりをして目をつぶっていたのに、ママは入ってきて、ベッドの上に腰かけた。そのまま長いこと、じっとしていたかと思うと、ママはふいに身を乗りだしてきた。私が幼かったころのように、額《ひたい》にキスする気だ。

私は眠っているふりのまま、寝返りを打って、ママに背を向けた。

なぜ、そんなことをしたのだろう？　理由もなくママを冷たくあしらうなんて、いまの私は何者？　ママが立ちあがり、ドアがしまる音を聞いて、ようやく目をあけた。

ベッド脇のナイトテーブルに、黒いゴムバンドがひとつ、ぽつんと置いてある。

ママに、知られてしまった――。

## 人生は贈り物

翌朝は、どなり声で目がさめた。最初はまたオリーの家かと思ったけれど、声がやけに近い。ママの声だ。ママのどなり声なんて、初めて聞いた。

「なんてことを！　赤の他人を家に引きいれるなんて！」

カーラの声は聞こえない。寝室のドアをそっとあけ、忍び足で階段の手前まで出た。

カーラは、階段をおりきったところに立っていた。ママはすべてにおいてカーラよりも小さいけど、いまはカーラがたじろいでいるので、そうは見えない。

オリーとのことで、カーラが責められるなんて！　私は階段をかけおりた。

カーラは私の全身に目を走らせながら、私の腕をつかみ、私のほおをさすって、ママにたずねた。

「なにかあったんですか？　体調が悪いんですか？」

「外に出たのよ！　あの子のせいで。あなたのせいで！」ママはカーラにそう言うと、私のほうへ向きなおった。「自分の命を危険にさらして、この私に何週間も嘘をついていた！」

そして、またカーラのほうへ顔を向けた。「クビよ」

「やめて、ママ。カーラのせいじゃない……」

ママは片手をあげて、私をだまらせた。「そうね。カーラひとりが悪いんじゃない。あなたも悪いわ」

「ごめんなさい」あやまったけれど、ママの心にはいっさい響かなかった。

「残念ね。カーラ、荷物をまとめて、出ていってちょうだい」

絶望のどん底に突きおとされた。カーラのいない生活なんて、考えられない！

「やめて、ママ、お願いだから。もう、二度と会わないから」

「もちろん、二度と会わせない」ママはきっぱりと言った。

カーラは無言で階段をのぼりはじめた。

それから三十分、私はママといっしょに、カーラが荷物をまとめるのを見まもった。カーラはほぼすべての部屋に、老眼鏡とペンとクリップボードを置いていた。

私は、とめどもなくあふれてくる涙をぬぐおうともしなかった。ママは、いままで見たことがないくらい体をこわばらせて、じっとしている。最後に私の寝室で荷物をまとめるとき、私はカーラに『アルジャーノンに花束を』をプレゼントした。

カーラは私を見て、ほほえんでくれた。「これ、泣ける本じゃないの？」

「うん、きっと」

カーラは本を胸に引きよせ、しっかりと抱えた。その間もずっと私を見つめている。

「マデリン、堂々と生きるのよ」

私はカーラの腕の中に飛びこんだ。カーラは医療器具の入ったバッグと本を手放して、しっかり抱きしめてくれた。

「ごめんね、カーラ」

声をしぼりだして言うと、カーラはさらにきつく抱いてくれた。

「あなたのせいじゃない。マデリン、人生は贈り物なの。それを忘れずに生きなさい」

カーラの声には力がこもっていた。

「もう、いいでしょ」入り口から、ママのきつい声が飛んできた。我慢の限界らしい。「ふたりとも、つらいのはわかるわ。信じられないかもしれないけれど、私だってつらいわ。でも、そろそろ時間よ。出て行って」

カーラは私を放した。

「堂々と生きなさい。人生は贈り物なんだから、ね」

そして、医療器具の入ったバッグをひろった。

三人そろって階段をおりた。ママがカーラに最後の小切手をわたす。

こうして、カーラは消えた。

## マデリン辞書

▼ぜんきんせん【漸近線】
1．かぎりなく近づいていくが、ぜったいに実現しない願望［二〇一五、ホイッティア］

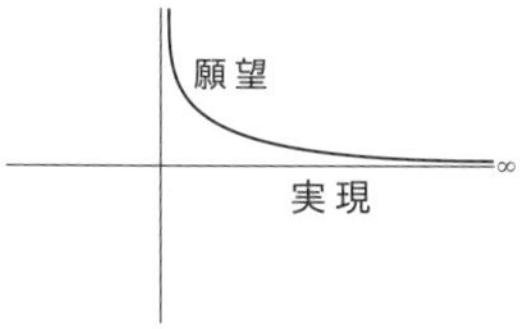


## 鏡文字

寝室にもどると、すぐにカーテンをあけた。オリーは窓辺で額《ひたい》を拳《こぶし》におしあて、その拳をガラスにおしつけていた。いったいどのくらい、私を待っていたのだろう？　私に気づくのが一瞬遅れたけれど、その一瞬だけで、オリーの恐怖をじゅうぶん見てとれた。

私の人生の目的は、私を愛してくれる人たちをおびえさせることらしい。

オリーが私を愛してくれているなんて、言うつもりはないけれど。

オリーは私の体と顔に視線をさまよわせると、両手でキーボードを打つ仕草をした。私が首を横にふると、顔をしかめて、また同じ仕草をする。私がなおも首を横にふると、オリーはいったん窓から離れ、マーカーを持ってもどってきた。

だいじょうぶ？

私はうなずいて、「あなたは？」と口だけ動かしてたずねた。

うん。メッセージは？

私は、首を横にふった。

禁止？

うなずいた。

インターネットも？

うなずいた。

いつまで？

肩をすくめた。

本当にだいじょうぶ？

すこぶる健康だけど、不安と後悔と途方もない喪失感におそわれている、という意味をこめて、一回うなずいた。

おたがい、だまって見つめあった。

あなたのせい？

私は首を横にふった——あやまらないで。あなたのせいじゃない。悪いのはあなたじゃない。悪いのは私のこの人生だから、という意味をこめて。

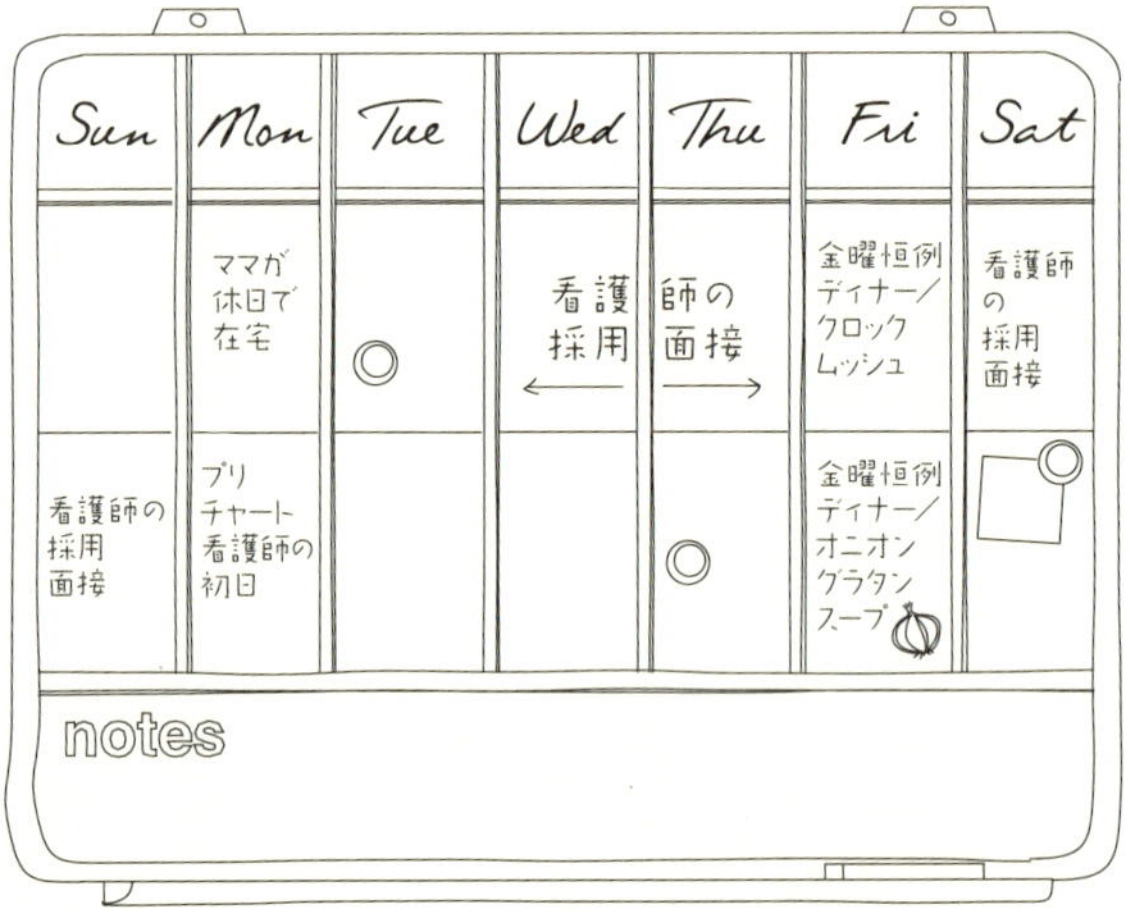
Sun
Mon
Tue
Wed
Thu
Fri
Sat
ママが休日で在宅
看護師の採用面接
金曜恒例ディナー／クロックムッシュ
看護師の採用面接
看護師の採用面接
プリチャート看護師の初日
金曜恒例ディナー／オニオングラタンスープ
notes

予定変更

## もっと

ママは無言でひざまずき、オナー・ピクショナリーで使った絵の紙を集め、きちんと積みあげた。ママはゲームごとに、ベストの絵を残してコレクションにしている（ここでいうベストとは、すばらしい出来映《できば》えか、すさまじい出来映えか、どちらかだ）。ふたりでコレクションを家族写真のように眺めて、過去をなつかしむこともある。

ママは、かなりすさまじい出来映えの絵をなぞっていた。点々と穴のあいた円の上に、角《つの》を持つ生きものらしきものが浮かんでいる絵だ。

ママはその絵を持ちあげ、私に見せて言った。

「これで、よく〝童謡〟を連想できたわね？」ぎこちない雰囲気をほぐそうとして、むりやりクスクス笑っている。

「たしかに」ママに歩みよりたくて、私も声をあげて笑った。「ママって、ホント、絵が下《へ》手《た》よね」

絵の中の生きものは雄牛《おうし》、円は月だった。絵がすさまじく下《へ》手《た》なことを思うと、私の想像力はまさに表彰ものだ。

ママは一瞬手をとめ、腰をのばした。「今週は、あなたと過ごせて本当に楽しかったわ」

私はうなずいただけで、なにも言わなかった。ママの顔から笑みが消えていく。オリーと会えなくなり、連絡もとれなくなったので、最近はママと過ごす時間がふえた。それだけが、今回のごたごたで良かったことだ。

私は手をのばして、ママの手をぎゅっとにぎった。「私もよ」

ママはまたほほえんだ。が、その笑みは控《ひか》えめだった。「看護師をひとり、やとったわ」

私はうなずいた。カーラの後任の面接をいっしょにしないか、とママにさそわれたけれど、ことわっていた。後任なんてだれでもいい。カーラの代わりになれる人など、いるわけがない。

「ママね、明日から、仕事にもどらないといけないの」

「うん」

「できれば、ずっといっしょにいたいんだけど」

「だいじょうぶよ、私は」

ママは、きちんと積まれた絵をまた整えた。「なぜ、こんなことをするのか……わかってるわよね？」

ママはカーラをクビにしただけでなく、私からインターネットをとりあげ、建築学のウォーターマン先生との対面授業もキャンセルしていた。

私がついた数々の嘘。カーラ。そしてオリー――。今週はおたがい、この話題にはなるべく触れないようにしてきた。ママは一週間休みをとって、カーラの代わりに私の世話をした。いつものように二時間ごとではなく、一時間ごとに体温、血圧、心拍数、脈拍数を測定し、正常な数値が出るたびに、心底ほっとした様子を見せた。

四日目になって、ママはようやく問題なしと判断した。が、運が良かっただけだ、と釘《くぎ》を刺すのを忘れなかった。

「マデリン、なにを考えてるの？」

「カーラに会いたいなって」

「私もよ。でも、このままカーラを残したら、母親失格だわ。わかってる？　カーラは、あなたの命を危険にさらしたのよ」

「カーラは友だちだったのに」私は小声で言った。

すると、この一週間、いつか爆発すると覚悟していたママの怒りが、とうとう火を噴《ふ》いた。

「ただの友だちじゃない！　看護師よ！　あなたの健康を守るのが仕事でしょ！　それなのに、あなたの命を危険にさらしたり、男の子に引きあわせたりして。どうせ、悲しい思いをするだけなのに。友だちなら、むなしい希望をあたえたりしないわよ！」

私は泣きそうな顔をしていたにちがいない。ママはふいに口をつぐみ、気まずいのか、両方の手のひらを自分の太ももにこすりつけた。

「ああ、マデリン……。本当に残念だわ」

その瞬間、ひしひしと感じた。カーラは、本当に、いなくなってしまったのだと——。明日、ママが仕事に出かけても、カーラはもういない。代わりに、知らない人が来る。私のせいで、カーラはいなくなった。オリーもいなくなった。二度目のキスのチャンスは、二度とめぐってこない——。考えただけで、つらくて息がつまりそうになる。ようやく始まりかけた関係は、あっけなく終わってしまった。

いずれママは、またインターネットを使わせてくれるだろう。きっとまたオリーとメッセージできるようになる。けれど、それでは満足できない。もう、永遠に満足できない。

オリーといっしょにしたいことは、かぎりなくあるのだから——。

ママが片手を自分の胸にあてた。私の苦しみを感じとっているのだ。

「彼の話をして」と、ママ。

ママにはずっと前から、オリーの話をしたくてたまらなかった。なのに、どこから話したらいいかわからない。私の心の中は、オリーでいっぱいだ。そこで、最初から順番に話した。

初めてオリーを見たときのこと。オリーの身のこなしが軽やかで、スムーズで、自信にあふれていること。目がオーシャンブルーで、指にたこができていること。本人が思っているほど、ひねくれてはいないこと。お父さんが横暴なこと。服の趣味がいまいちなこと——。オリーが私のことを、おもしろくて、頭が良くて、きれいだと思っていること。「おもしろくて、頭が良くて、きれい」という順番が大事なことも話した。全部、打ちあけたくて、たまらなかったことだった。

ママは耳をかたむけ、私の手をにぎり、いっしょに泣いてくれた。

「すてきな子みたいね。あなたの気持ち、わかるわ」

「うん、すてきなの」

「病気でさえなければ……。ごめんね」

「ううん、ママのせいじゃない」

「もっといろいろ、やらせてあげられたら、いいんだけど」

「じゃあ……インターネットを使わせてくれない？」物は試しで言ってみた。

ママは首を横にふった。「ほかのものにしてちょうだい」

「ママ、お願い」

「このままのほうがいいの。あなたが悲しむのは見たくない」

「恋愛で死んだりしないわよ」カーラの言葉をおうむ返しに言った。

「あら、そんなことないわ。いったい、だれが言ったの？」

## 悪魔の看護師

新しい看護師は、看護師という名の、にこりともしない暴君だった。その名は、ジャネット・プリチャート——「ジャネット看護師と呼んでちょうだい」。声は、警報かと思うほど、不自然に高い。

ジャネット〝看護師〟とあえて言ったのは、ジャネットと名前を呼ぶのはだめだ、という意味だろう。握手も不自然なほど力がこもっていた。物を大切にするより、握りつぶすほうが慣れているらしい。

ただの偏見かもしれないけれど。

ジャネット看護師を見ていると、カーラとちがうことばかりが、やたらと目につく。カーラは太いけれど、ジャネット看護師は細い。カーラのようにスペイン語が会話にまじったりしないし、訛《なま》りもない。カーラとくらべると、とにかく、ひたすら物足りない。

それでも午後、態度をあらためようと思った矢先、ジャネット看護師の初めてのメモが、ラップトップに貼りつけてあった。

すでにママからインターネットの許可は得ていたけれど、アクセスできるのは平日の日中だけだった。学校の課題以外では使わないでしょ、とママは言うけれど、オリーが学校に通いだして、午後三時にならないと帰宅しないことと関係があるのはまちがいない。

時間をたしかめた。いまの時刻は、午後二時三十分。態度をあらためるのはやめにした。ジャネット看護師は、私がルール違反者だと決めつける前に、本当にルールを破るかどうか、少なくとも一回は確かめてもよかったはずだ。

次の日になっても、事態は良くならなかった。

次の一週間で、〝プリチャート看護師に私の言い分を理解してもらえるかも〟という期待は、すべて捨てた。プリチャート看護師の任務は明確だった。その任務とは、私を監視し、阻止《そし》し、支配すること。

オリーとは、新しい日課ができた。昼間は、私のスカイプの授業の合間に、おたがい何度も短くメッセージする。午後三時、悪魔の看護師がルーターの電源を切ると、コミュニケーションはいったん終了する。そして夜、夕食を食べ、ママとの時間を過ごしたあと、オリーと窓ごしに見つめあう。

プリチャート正看護師からの
今日の指示
DON'T FORGET!
しかめ面は
不健康です。
NOTES:
毎日、3回はほほえむこと。3回に満たない場合は、翌日に繰り越します。
むすっとしていないで
いますぐ、ニコニコ

インターネットは午後三時までというルールについて、ママに変更してくれと泣きついたけれど、だめだった。あなたのためよ、と言いはって、一歩もゆずろうとしない。

翌日、悪魔の看護師が、またメモで難癖《なんくせ》をつけてきた。

人生は贈り物――。カーラも辞めるときに同じことを言ってたっけ、と思いながらメモを見つめた。私は、人生を無駄にしてる？

# 隣人観察　パート2

◎オリーのスケジュール
午前六時五十五分――窓辺に立つ。おはようとガラスに書く。
午前七時二十分――妹のカラがタバコを吸いおわるのを待つ。
午前七時二十五分――登校。
午後三時四十五分――下校。
午後三時五十分――窓辺に立つ。おはようを消して、ただいまと書く。
午後九時五分――窓辺に立つ。いくつか質問を書く。
午後十時――おやすみ、ムヂトとガラスに書く。

◎マディのスケジュール
午前六時五十分――オリーが窓辺にあらわれるのを待つ。
午前六時五十五分――うれしい。
午前七時二十五分――悲しみにくれる。

午前八時〜午後三時――悪魔の看護師を無視し、授業を受けて、課題をこなし、読書する。オリーからのメッセージを衝動的にチェックして、さらに読書する。
午後三時四十分――オリーの車が家に着くのを見まもる。
午後三時五十分――うれしい。
午後四時――さらに課題をこなし、読書する。
午後六時〜九時――夕食＋ママとの時間
午後九時一分――オリーが窓辺にあらわれるのを待つ。
午後九時五分――うれしい。オリーの質問にパントマイムで答える。
午後十時一分――悲しみがとまらない。

## 高等教育

オリーの学校が始まったので、メッセージの時間はさらに限定された。それでもオリーは、授業と授業の合間や授業中にも、チャンスがあればメッセージを送ってくれた。

学期始めの一週目は、私もその場にいる気分を味わえるように、いろいろ工夫した画像を送ってくれた。オリーの二十三番ロッカーの画像、時間割、図書室、いかにも高校の司書っぽい、本好きで人柄も良さそうな司書さんの画像。特進数学の証明問題や、特進英語の課題図書リストの画像。生物学と化学で使ったビーカーとペトリ皿の画像もあった。

学期始めの一週目、私はふだんどおりに読書して、勉強し、命を守ることに費やした（オリーに会えないのは犠牲を〝払って〟いるようなものだから、〝費やした〟という表現がしっくりくる）。オリーの課題図書をもじって、『二キス物語（原題：二都物語）』『キスして物語（アラバマ物語）』『キスの床《とこ》に横たわりて（死の床に横たわりて）』といった題名をひねりだしたりもした。

悪魔の看護師とは、楽しいとはお世辞にもいえない日課を送っている。私は悪魔を完全に無視し、向こうは自分の存在を見せつけるために、ますます不快なメモをせっせと貼りつける、というパターンができた。

オリーも恋しいけれど、恋しいのはそれだけではなかった。オリーの生活、玄関の向こうに広がっている外の世界が、ねたましい。

高校は楽園なんかじゃない、とオリーは言うけれど、私は素直にうなずけない。世界について教えるためだけに存在している場所を、ほかになんて呼べばいい？　友だちや先生がいて、図書室があって、読書会や数学クラブ、弁論部といったクラブがあって、放課後の活動もあって、無限の可能性を秘めた場所を、ほかになんと呼ぶ？

学校が始まって三週目には、オリーと新しい関係をたもつのがつらくなってきた。オリーと言葉をかわしたい。パントマイムでは、伝えられることにかぎりがある。オリーと同じ部屋にいて、生身の姿を見たい。自分の体がつねにオリーを意識するあの感覚が、恋しくてたまらない。オリーのことを、もっと知りたい。オリーといっしょにいるときの自分を、もっと知りたい。

こんな関係をつづけるうち、ついにある日、恐れていた事態が発生した。

その日、オリーの車がとまったとき、私は窓辺に立っていた。オリーがおりてきて、いつものように手をふりあうのを待っていた。しかし車から最初におりてきたのは、オリーではなかった。

妹のカラではない別の女の子が、後部座席からあらわれたのだ。

ひょっとして、カラの友だち？

ところがカラは、車のドアをいきおいよくしめると、オリーと謎の女子を残して、さっさと家の中に入ってしまった。謎の女子はオリーの言葉に声をあげて笑うと、ふりかえってオリーの肩に手を置き、ほほえみかけた。そう、オリーにほほえみかけるときの私と、まさにそっくりの表情で——。

最初は目に映る光景が信じられなくて、ショックだった。あの子ったら、私のオリーに触れている？　胃をぎゅっとしめつけられた。へそのまわりを巨大な手でしめつけられ、いろいろな臓器の位置がずれていって、ついに自分でも異変を感じる――。そんな気分になる。カーテンを手放して、窓からすばやく下がった。これでは、のぞき魔みたいだ。

ママの言葉がよみがえってきた――「あなたが悲しむのは見たくない」。ママはわかっていたのだ。いずれかならず、別のだれかがあらわれると。病気ではなくて、家から出られて、オリーがしゃべったり、触れたり、キスしたり、なんでもできる子が、きっとあらわれると――。

窓辺にもどって、ライバルを見さだめたくなったが、ぐっとこらえた。そもそもこっちは姿をあらわせないのだから、ライバルにもなれない。あの子がどんな子でもかまわない。足が長くても短くても、色白でも日焼けしていても、髪が黒でも茶でも赤でも金色でも、どうでもいい。かわいくても、そうでもなくても関係ない。

重要なのは、あの子が陽光を浴びられることだ。あの子は、フィルターを通していない空気を吸える。

けれど私は、オリーと同じ世界を生きられない。そんな世界に一生縁がない。

また、ちらっとのぞいてみた。その子はオリーの肩に手を乗せたまま、まだ声をあげて笑っている。オリーが顔をしかめて、こっちを見上げた。私のことは見えなかったはずなのに、手をふってくれる。

けれど私は、また窓からすばやく下がっていた——オリーにも自分自身にも、窓辺にはだれもいないふりをして。

## アロハは「こんにちは」と「さようなら」 パート1

——


ママとの夜をまたキャンセルしたので、ママが寝室にやってきた。

「マデリン」

「ママ、ごめんね、キャンセルして。ちょっと調子が悪くて」

ママは即座に私の額《ひたい》に手をあてた。

「ううん、ママ、気分の問題よ。体調じゃなくて、気分」

謎のあの子がオリーの肩に手を置く姿が、頭から離れない。

ママはうなずいたけれど、熱がないと確信するまで、手をどけなかった。

「まあ、そういうことだから」

私はそう言って、ママを追いはらおうとした。いまは、本気で、ひとりになりたい。

「ママも、昔はティーンエイジャーだったのよ。ひとりっ子でね。すごくさびしかった。ティーンエイジャーって、すごくつらい時期よね」

だから、ここに来てやったというのか？　私がさびしがっていると思って？　ティーンエイジャー特有の不安かなにかを、つのらせていると思って？

「べつに、さびしくなんかないけど」つい、つっけんどんになった。「さびしいと、ひとりきりは、別物でしょ」

ママはひるんだけれど、引きさがらなかった。なにを持ってきたのか知らないが、背中にかくし持っているものから手を放し、私が目を合わせるまで、私のほおをなでた。

「ええ、そうよね、マデリン」また両手を背中の後ろにまわす。「タイミングが悪かったみたいね。いないほうがいい？」

ママはいつも思慮《しりょ》ぶかくて、ものわかりがいい。腹を立てるのが申しわけなくなる。

「ううん、いいわ。ごめんね。行かないで」脚をどけて、ママのためにスペースをあけた。

「ねえ、背中になにをかくしてるの？」

「プレゼントを持ってきたの。さびしさをまぎらわせるのに、ちょうどいいかなと思って。余計なお世話だったかもしれないけれど」

ママが背中からとりだしたのは、一枚の額入り写真だった。見たとたん、心臓がぎゅっとしめつけられた。それは、家族四人——私とママ、パパとお兄ちゃん——が、南国らしきビーチにならんでいる古い写真だった。太陽は背後にしずんだあとで、暮れていく空を背景にフラッシュをたいて撮影したため、全員の顔が輝かんばかりに明るく映っていた。

お兄ちゃんは片手でパパにしがみつき、もう片方の手には茶色の小さなウサギのぬいぐるみを持っていた。髪はストレートの黒、目も黒で、ママのミニバージョンだ。ママとの唯一のちがいは、パパの黒い肌を引きついでいること。そのパパは同じ柄のアロハシャツと短パン姿で、能天気としか言いようのない表情だけど、はっとするほどハンサムだった。ママの肩に腕をまわし、引きよせているように見える。パパはカメラをまっすぐ見つめていた。この世にほしいものをすべて手に入れた人がいるとしたら、まさにパパがそうだ。

ママはストラップレスの赤い花模様のサンドレスを着ていた。濡れた髪が顔のまわりでカールしている。ノーメイクだし、宝石もつけていないけれど、いま、隣に座っているママと、うりふたつ。パラレルワールド・バージョンのママみたいだ。パラレルワールドにいるママは、この部屋で私の世話にかかりきりになっているママではなく、家族といっしょにビーチで暮らしている。パラレルワールドのママは私を両腕に抱いていて、家族の中でただひとり、カメラのほうを向いていない。カメラではなく、私に笑いかけているのだ。その私は、赤んぼう特有の歯茎をむきだした無邪気な顔で笑っている——。

外の世界にいる自分の写真は、初めて見た。そんな写真があることすら、知らなかった。

「ここ、どこ？」

「ハワイよ。マウイ島はパパのお気に入りの場所だったの」ママの声はささやきになっていた。「あなたは、まだ四カ月だった。なぜいつも具合が悪いのか、あのときはまだ知らなかった……。交通事故の一カ月前よ」

私は写真を胸に抱きしめた。ママの目の縁に涙があふれてくる。

「マデリン、愛してるわ。あなたが思っている以上に、心から愛してるわ」

ママの愛情は、痛いほど感じている。つねに私を守ろうと心をくだいているのも、ずっとわかっている。ママの声を聞くと、子守歌を思いだす。いまでもママが私をあやして寝かせてくれて、朝はほおにキスしてくれる気がする。私だって、ママのことを愛している。なんといってもママは、私のために、途方もない犠牲をはらってくれているのだから。

なにを言ったらいいかわからなかったので、愛しているとだけ言った。物足りないけれど、気持ちは通じるはずだ。

ママがいなくなったあと、顔の横に写真をならべて鏡の前に立って、写真の自分と鏡の中の自分を見くらべた。

写真はタイムマシンのようなもの。寝室がだんだん消えていき、気がつくと私は、愛情と潮風、日没後の熱気の余波と、のびていく影にかこまれて、ビーチにいた。小さな肺いっぱいに空気を吸って、息をとめ——そのまま、時もとまった。

## その後、午後九時八分

窓辺に立つと、すでにオリーが待っていて、ガラスに大きく文字を書いた。

実験のパーイセー

私はパントマイムで、これっぽっちも嫉妬《しっと》していないと伝えた。

## スマートなトーマス

ときどき、お気に入りの本を逆さまに読むことがある。最終章から始めて、第一章やプロローグまで逆にたどるのだ。そうすると、登場人物たちは希望から絶望へ、自分の能力に目覚めた状態から不安な状態へと道をたどる。恋愛小説の場合、カップルは愛しあう二人から始まって、赤の他人で終わる。青春小説だと、次第に自分を見うしなっていく展開となる。死んでしまったお気に入りの登場人物は、とちゅうで生きかえる。

けれど、私の人生は本にしたところで、逆読みしてもなにも変わらない。今日は昨日と同じだし、明日も今日と変わらない。『マディの物語』では、すべての章に変化がない。

そう、オリーがあらわれるまでは。

オリーがあらわれるまでの私の人生は、「かたきがきたか」「スマートなトーマス」のように、前から読んでも後ろから読んでも同じ回文だった。そこへオリーが、でたらめな文字のようにあらわれた。単語やフレーズの真ん中にポンと投げいれられて、つながりをたちきってしまう、大きな太字のでたらめな文字だ。

その結果、私の人生は意味不明になった。出会わなければ良かったのに、とさえ思ってしまう。残酷なまでに単調な日々が永遠につづく生活に、どうやってもどればいい？ 読書しかしない女の子に、どうやってもどればいい？ 本のある生活がいやになったわけじゃない。世の中についての知識は、すべて本で学んできた。けれど絵画の木と本物の木にちがいがあるように、本の中でいくらキスを体験しても、オリーのくちびるると触れあうあの感覚は、ぜったいに味わえない。

## ガラスの壁

一週間後――。夜中にはっとして、起きあがった。頭は寝ぼけているけれど、心臓は目覚めてドキドキしていた。心臓は、寝ぼけた頭が気づいていないなにかを、とらえている。

置き時計をちらっと見た。時刻は午前三時一分。寝室のカーテンはしまっているけれど、オリーの部屋の明かりが見える。

重い体を引きずるようにして窓辺に行って、カーテンをあけた。オリーの家全体に明かりが煌々《こうこう》と灯っていた。ポーチの明かりまでついている。

心臓の鼓動がさらに速まった。まさか！　また喧嘩《けんか》？

ドアがしまる音がした。かすかな音だが、まちがいない。カーテンをにぎりしめて待った。お願い、オリー、姿を見せて――。そう長くは待たずにすんだ。心の中で念じたそのとき、オリーがつきとばされでもしたように、よろめきながらポーチに出てきたのだ。

この前と同じように、オリーの元へ駆けつけたいという衝動が、全身をかけめぐった。オリーのそばに行きたい。行かなければ。なぐさめるために。守るために。

オリーはいつものようにすぐにバランスを取りもどし、拳《こぶし》をにぎって、ドアのほうへさっと向きなおった。私も、オリーといっしょに、攻撃に身がまえた。オリーがファイティングポーズでドアを見つめ、丸一分が過ぎた。こんなに動かないオリーを見るのは、初めてだ。

さらに一分が経過すると、お母さんがポーチに出てきて、オリーの腕に触ろうとした。だがオリーはすばやくよけて、お母さんのほうを見ようとしない。結局、お母さんはあきらめて、家の中に消えた。その瞬間、オリーの全身から緊張がほどけた。手首の内側を目におしあてて、肩を震わせている。

オリーがこっちを見上げた。私は手をふったけれど、反応はなかった。寝室の明かりを消しているから、オリーには見えないのだ。いそいでスイッチをつけて、窓辺にもどったけれど、オリーはすでに消えていた。

窓ガラスに、額《ひたい》と手首とひじをおしつけた。

この体から抜けだせたらどんなにいいかと、心の底から強く思った。

## かくれた世界

ときとして、ふだんは見えない世界がふっと浮かびあがることがある。いま、私は、夕暮れ時のサンルームにひとりきり。窓から差しこむ日暮れの陽光が、台形にのびている。ふと顔をあげると、ほこりが見えた。光の筋の中で、白くきらめくほこりが、宙をひらひらと舞っている――。

このほこりのように、ふだんは気にもとめないところに、まったくちがう世界がいくつもかくれているにちがいない。

## もうひとつの人生

いつ死んでもかまわないと自分が思っていることに気づくのは、不思議な現象だ。とつぜん、ぱっとひらめくものではない。風船から少しずつ空気が抜けていくように、少しずつ自覚していくものだ。

オリーがポーチでひとりきりで泣いている姿は、私の頭から一生消えないだろう。オリーが学校から送ってくれた画像をしげしげと見つめ、そのひとつひとつに自分を置いてみた。図書室にいるマディ。教室に向かうとちゅうでロッカーに立ちよったオリーの隣に立つマディ。どこにでもいそうな女の子のマディ——。

家族四人の写真にかくされた意味を解きあかしたくて、隅から隅まで記憶に刻んだ。病気ではないマディには、驚きをかくせない。これからの人生に無限の可能性がある、赤んぼうのマディ——。

いまから思えば、オリーがあらわれてからというもの、私のなかにはずっと二人のマディがいた。本のなかに埋もれ、死にたくないと思っているマディと、死などおそれず、人生を生き切るマディだ。一人目のマディは、自分の考えが意外な方向に変わっていくのに驚いている。二人目のマディは——ハワイの写真の中にいるマディか？——神のように無敵だ。寒さや飢え、病気、自然災害にも人災にも影響を受けない。胸が張り裂けるような悲しみとも無縁だ。

そして、二人目のマディは知っている。いまの色あせた人生は、本当の意味で生きていることにならないということを。

## さようなら

ママへ

まず言っておきたいのは、ママを愛しているということ。もう知っていると思うけれど、伝えるチャンスがないかもしれないので、言っておきます。

ママ、愛しています。本当に、心から、愛しています。

ママは頭が良くて、強くて、やさしくて、無私無欲。世界一の母親です。

これから私の言うことを、ママはたぶん理解できないと思います。自分でも、理解しているかどうか、よくわかりません。

いま私が生きていられるのは、ママのおかげです。そのことは、もう、本当に感謝しています。こんなに長く生きのびられて、ごく一部とはいえ世界を知ることができたのは、ママのおかげです。でも、それだけでは物足りないのです。ママが悪いのではありません。このどうしようもない人生が悪いのです。

私がこんな行動に出るのは、オリーのせいだけではありません。いや、もしかしたらそうなのかも。自分でもよくわかりません。どう説明したらいいか、わからないのです。オリーのせいでありながら、オリーのせいではない。なんていうか、いまはもう、世の中を昔のような目では見られないのです。オリーと出会って、新しい自分を発見しました。その新しい私は、静かにじっと観察するだけでは我慢できないのです。

いっしょに初めて『星の王子さま』を読んだときのことを覚えていますか？　王子さまが最後に死んでしまうのが、私には本当にショックでした。自分のバラのところにもどるためだけに、なぜ死を選ぶのか、わかりませんでした。

でも、いまはわかる気がします。王子さまは、死を選んだのではありません。バラこそが人生そのものだった。バラがなければ、本当の意味で生きていることにはならなかったのです。

ママ、私は混乱しています。なぜこんなことをするのか、自分でもよくわかりません。でも、やらなければいけないということだけは、わかります。なにも知らなかった昔の自分にもどれたらいいのに、と思うこともありますが、それは無理です。

ごめんなさい。どうか、ゆるしてください。愛しています。

マディより

# 五感

〈聴覚〉

テンキーをおすたびに警報器がけたたましい警報音を発し、私の逃走を知らせようとする。

どうか、誤作動とみなされますように。玄関から遠いママの部屋まで、音がとどきませんように――。

ドアがシュッと、ため息のような音とともにあく。

外に出た。

外の世界は静かすぎて、耳鳴りがした。


〈触覚〉

玄関ドアの金属のドアノブは冷たくて、すべすべしていて手がすべる。おかげで、抵抗なく手を放せた。


〈視覚〉

午前四時。暗くて、よく見えない。夜空にぼうっと浮かぶシルエットが、かろうじて見える。大きな木、小さな木、階段、庭、石畳《いしだたみ》。その先には、杭柵《くいさく》にはさまれた門。そう、めざすは門だ。


〈嗅覚《きゅうかく》〉

オリーの家の庭。いろいろなにおいが満ちている。花のにおい、土のにおい、私の募る恐怖のにおい――。恐怖をはらんだ夜気を肺にしまいこみ、オリーが出てきますようにと祈りながら、寝室の窓に小石をいくつか投げた。


〈味覚〉

目の前に愕然《がくぜん》としたオリーがいる。私はなにも言わず、くちびるをおしつけた。オリーは最初こそ不安のあまり身動きできず、体をこわばらせていたが、ほぐれてくると私を強く引きよせた。片手を私の髪のなかに入れ、もう片方の手で腰を抱きしめてくる。

オリーは、記憶の中のオリーと同じ味がした。

# ほかの世界

ふと、正気に返った。

少なくともオリーは我に返り、身を引いて、私の両肩をにぎりしめた。

「こんなところで、なにしてるんだ？　だいじょうぶか？　なにがあったんだ？　お母さんは無事か？」

私は強がってみせた。「だいじょうぶよ。ママも無事。家出してきたの」

オリーの部屋から、ほのかな明かりが降ってくる。そのおかげで、困惑しきったオリーの顔が見えた。

「えっ……わけがわからないんだけど」

私は深呼吸し、ぎょっとして息をとめた。

冷たい――。空気が湿っていて、重い。いままで吸ってきた空気とは、ぜんぜんちがう。吸った息を肺から吐きだそうとした。くちびるがひりひりし、頭がくらくらする。これは恐怖のせい？　それとも――。

「マディ、おい、マディ」オリーが耳元でささやいた。「なんてことを……」

返事ができなかった。石でも飲みこんだみたいに、喉《のど》がふさがっている。

「息をとめるんだ」オリーがそう言って、私の手を引き、家へ連れかえろうとする。

オリーに引かれるまま、一、二歩動いて、すぐに立ちどまった。

「どうした、マディ？　歩けるか？　おぶろうか？」

私は首を横にふって、オリーの手を放し、夜の空気を軽く吸った。「だから、家出してきたの」

オリーは、うめくような声をあげた。「なにを言ってるんだ？　死にたいのか？」

「ううん、その反対よ。助けてくれる？」

「助けるって、なにを？」

「私、車がないの。運転の仕方もわからない。世の中、わからないことだらけなの」

オリーは、うめきとも笑いともつかない声をあげた。暗闇でも、オリーの目を見られたらいいのに——。

バタン、という音がした。ドアの音？　とっさにオリーの手を引っぱって、オリーの家の壁に張りついた。

「なんの音？」

「だいじょうぶ。ドアの音。おれんちのドア」

それでもかくれたくて、壁にさらに張りつき、うちへとのびた道をのぞいて、覚悟した。きっとママがこっちに来る――。けれど、ママの姿はなかった。

目をとじて言った。「ねえ、屋上に連れてって」

「マディ……」

「ぜんぶ説明するから」

私の家出計画は、オリーが協力してくれるかどうかにかかっている。もしことわられたらどうするかまでは、考えていない。

一瞬、言葉がとぎれた。そのまま、沈黙がつづく――。

オリーが私の手をとって、私の家から一番遠い裏手の壁へとつれていった。そこには、屋上にとどく背の高いはしごがあった。

「高所恐怖症？」

「さあ、どうかしら」私は、はしごをのぼりはじめた。

屋上についたとたん、見つかるのがこわくて身をふせたが、だいじょうぶだとオリーに言われた。

「屋上なんて、だれも見上げないよ」

心臓のドキドキがおさまるまで、数分かかった。

オリーがいつものように、あまりにも優雅に座った。オリーの動きを見ているだけで、幸せな気分になる。

「マディ、それで？」

あたりを見まわしてみた。いつも屋上でなにをしているのか、ずっと知りたかった。屋上はところどころ斜めになっているけれど、私たちが座っているのは、家の裏側の平らな場所だった。暗闇のなか、ぼんやりとシルエットが浮かびあがる。小さな木製のテーブルがひとつ。その上にマグとランプがひとつずつ。それと、くしゃくしゃの紙の束。ひょっとして、ここでなにか書いているとか？　下手《へた》な詩？　五行戯詩《リメリック》？

「ねえ、ランプは点《つ》くの？」

オリーが無言でランプを点け、私たちはぼうっとした光の輪に包まれた。なんとなくこわくて、オリーを見られない。

テーブルの上の紙は、ファストフードの包み紙だった。こっそり作った詩ではないらしい。テーブルの隣には、なにかをおおっている、ほこりまみれの灰色の防水シート。床《ゆか》には道具がたくさん。スパナ、大小さまざまのワイヤーカッター、ハンマー、ほかにも私の知らない道具がいくつか。溶接用のトーチランプまである。

意を決して、オリーを見た。

オリーは両ひじを膝《ひざ》に乗せて、白みはじめた空をながめていた。

「ここで、なにをしているの？」

「そんなこと、いまはどうでもいいだろ」

オリーの声はかたかった。こっちを見ようともしない。ついさっき情熱的なキスをかわした相手とは、とても思えない。私のことが心配で、ほかのことに気がまわらないのだ。人はもっともな理由で行動することもあれば、まちがった理由で行動することもある。そのどちらの行動か、区別がつかないこともある——。

「あのね、薬を持ってるの」

オリーはさっきからほとんど動かないが、私の一言で、完全に動きをとめた。

「薬って？」

「食品医薬品局の承認を受けていない治験薬なんだけど。ネットでとりよせたの。カナダから」

嘘がすらすらと口をついて出る。

「ネットで？　安全かどうかも、わからないのに」

「とことん調べたわ」

「それでも、百パーセント安全とは——」

「無茶はしないから」

オリーの目をしっかりと見た。すべてはオリーを守るための嘘。すでにオリーはほっとした顔をしている。

私は、たたみかけた。

「二、三日なら、外に出られるの。ママに言わなかったのは、危険だって反対するから。でも――」

「危険だろ。未承認の薬だし――」

「二、三日なら問題ない」私は迷いのない口調で言いきって、待った。どうかオリーが、嘘を信じてくれますように――。

「マジかよ」オリーはしばらく手の中に顔をうずめていたが、やがて顔をあげ、見つめかえしてきた。その表情は、少しほぐれていた。声まで、やわらかくなっている。「五分前に、そう言ってくれれば良かったのに」

私は、懸命に雰囲気をなごませようとした。

「だって、キスしてたじゃない！　そのあと、そっちがぷりぷりしてたし」キスという言葉と、すらすらと出てくる嘘のせいで、顔がほてってきた。「私、言おうとしてたのよ。いま、ちゃんと言ったでしょ。ね？」

オリーは、だまされるほどばかじゃない。ただ、本当だと信じたがっていた。真実よりも、嘘を信じたがっている。その顔に、じわじわと笑みが広がった。ぎこちない笑みだけど、とても美しくて、目をうばわれた。この笑みを見られるのなら、いつだって喜んで嘘をつく。

「ねえ、防水シートの下にはなにがあるの？」

オリーはシートの端を持って、めくった。

最初は、目の前の光景にとまどった。文章がうかびあがる前の、意味をなさない単語の羅列を見ている気分だ。

「きれいね」

「オーラリっていうんだ。惑星の運動をしめす太陽系儀だよ」

「屋上でこれを？　宇宙を作ってたの？」

まあね、とオリーが肩をすくめる。

そよ風がふき、つりさげられた惑星が、いっせいにゆっくりと回転した。私もオリーもだ

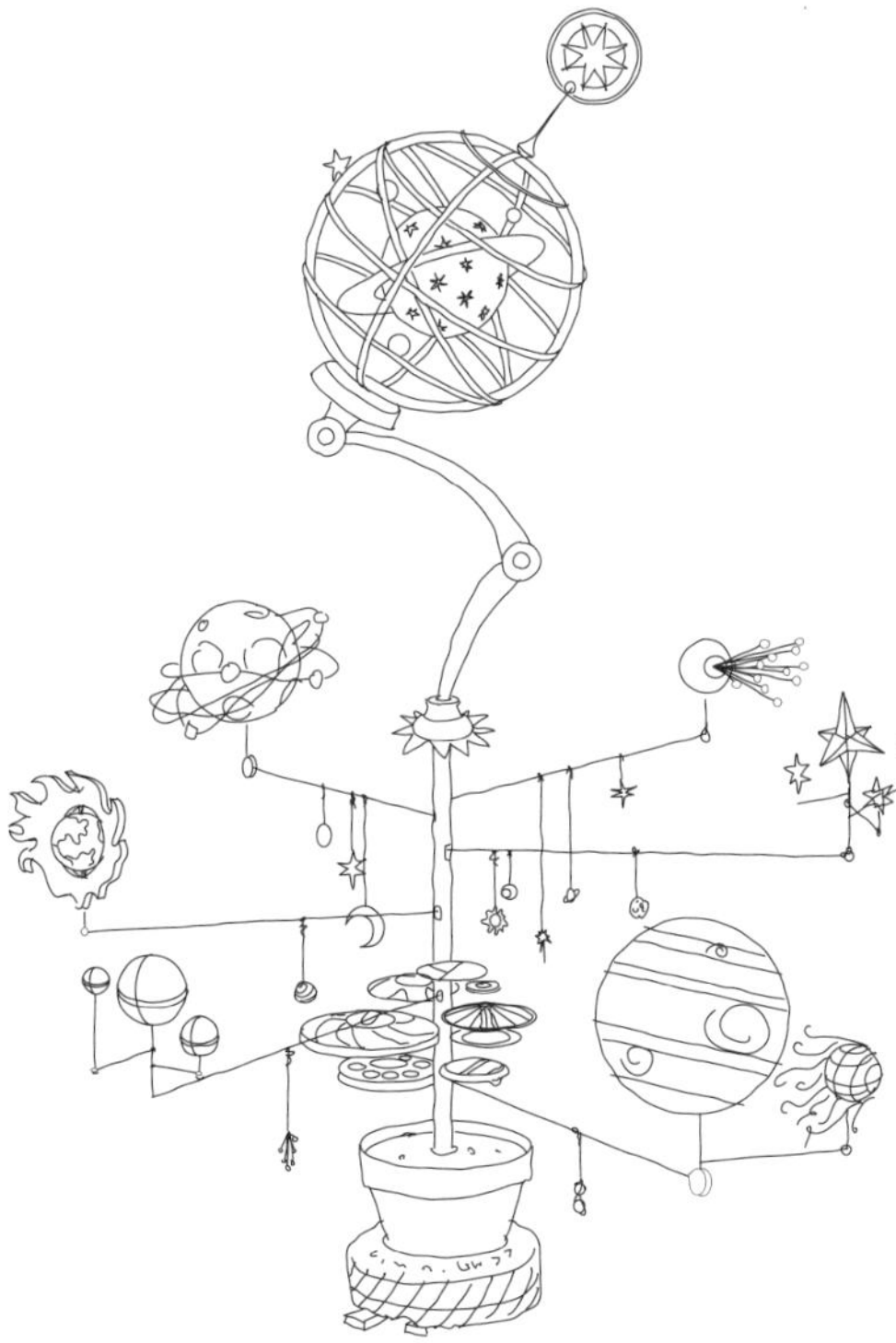

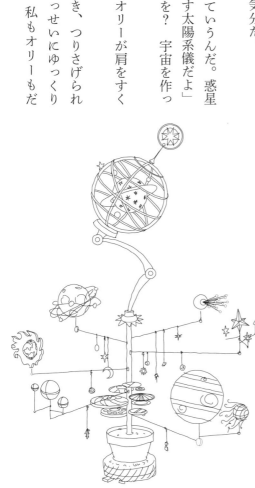

まって、その動きをながめた。

「いいのか……本当に?」オリーの声は、ふたたび迷いがにじんでいた。

「お願い、オリー、助けて。お願いだから」私はオーラリを指さした。「私も逃げたいの。ほんの一時《いっとき》でいいから」

オリーはうなずいた。「どこに行きたい?」

# アロハは「こんにちは」と「さようなら」パート2

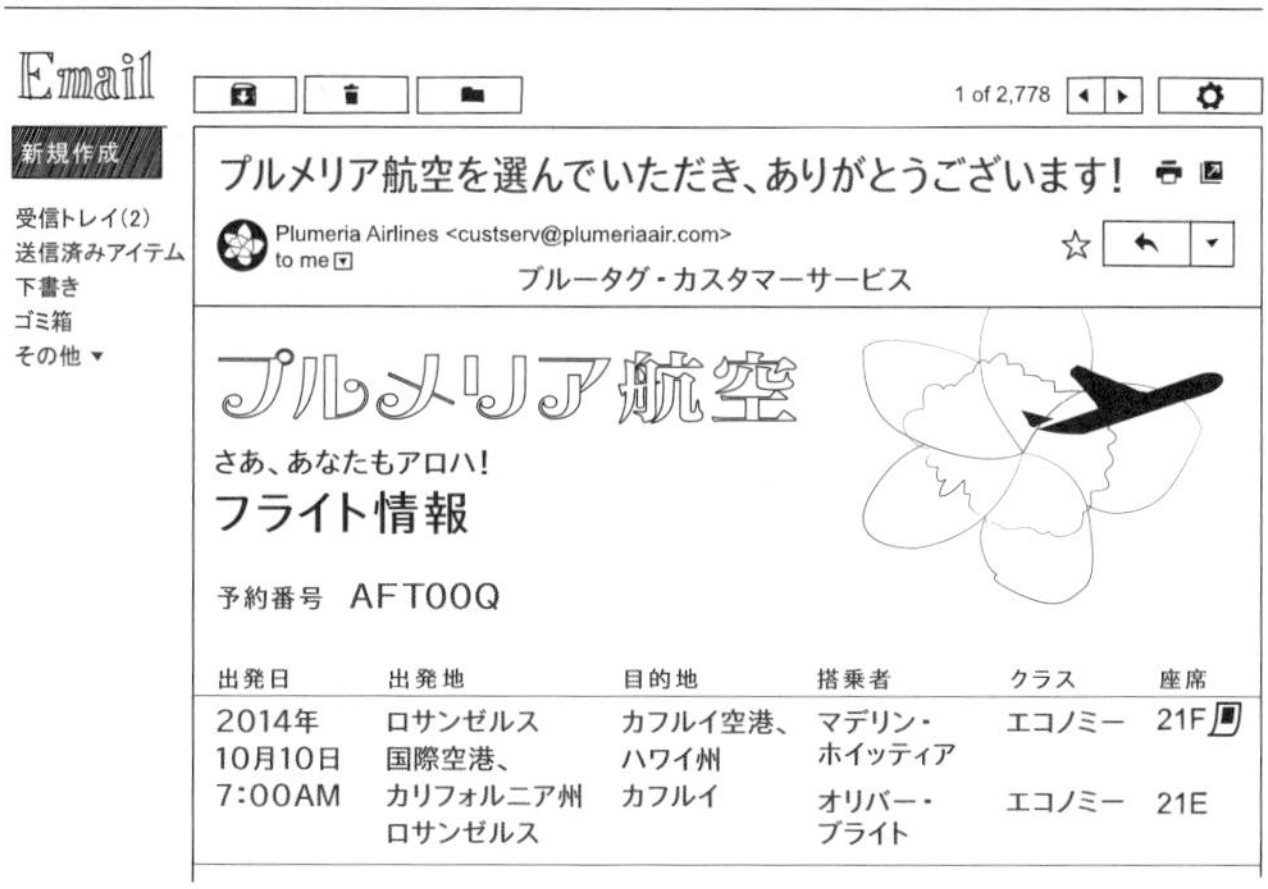

Email
新規作成
受信トレイ(2)
送信済みアイテム
下書き
ゴミ箱
その他 ▾
1 of 2,778
プルメリア航空を選んでいただき、ありがとうございます!
Plumeria Airlines <custserv@plumeriaair.com>
to me
ブルータグ・カスタマーサービス
プルメリア航空
さあ、あなたもアロハ!
フライト情報
予約番号 AFT00Q
出発日
出発地
目的地
搭乗者
クラス
座席
2014年 10月10日 7:00AM
ロサンゼルス国際空港、カリフォルニア州ロサンゼルス
カフルイ空港、ハワイ州カフルイ
マデリン・ホイッティア
エコノミー
21F
オリバー・ブライト
エコノミー
21E

## すでに幸せ

「じょうだんだろ、マディ。ハワイなんて、行けるわけがない」

「あら、どうして？　チケットはとったわ。ホテルも予約済みよ」

私とオリーは、敷地内にとめられたオリーの車に座っていた。オリーは車の鍵をイグニッションにさしたまま、回そうとしない。

「嘘だろ？」

悪ふざけだと見きわめたくて、オリーは私の顔を食い入るように見つめている。本気だとわかると、ゆっくりと首を横にふりはじめた。

「ハワイは四千八百キロ以上、離れているんだぞ」

「だから、飛行機でひとっ飛びよ」

軽い口調で言ってみたけれど、乗ってこなかった。

「マジかよ？　いつ、チケットを？　どうやって？　なんで？」

「あとひとつ質問したら、スピードゲームができるわよ」

オリーは身を乗りだして、ハンドルに額《ひたい》をおしつけた。

「答えはね、昨日の晩。クレジットカードで。世の中を見たいから」

「クレジットカード、持ってるのか？」

「この前、自分名義のカードを作ったの。ね、年上のお姉さんとつきあうと、良いこともあるでしょ」

オリーはハンドルから顔をあげたが、私と目を合わさず、まっすぐ前を見つめている。

「きみの身になにか起きたら、どうするんだ？」

「なにも起きないわよ」

「万が一ってことがあるだろ」

「薬があるわ。きっと効く」

オリーは目をぎゅっとつぶって、イグニッションにさした鍵に手をかけた。

「世の中なら、カリフォルニア南部のここでも、じゅうぶん見られるぞ」

「でも、フムフムヌクヌクアプアアは見られないでしょ」

オリーの口元がゆるんだ。くちびるの端に浮かんだ笑みを、顔全体に広げたい。

オリーが私のほうへ向きなおった。「いま、なんて言った？」

「フムフムヌクヌクアプアア」

「そのフム……なんとかは、なんなんだ？」

「ハワイ州の魚よ」

オリーが、にこっと笑ってくれた！

「なるほど」

イグニッションキーを回して、自分の家をしばらく見つめ、かすかに顔をくもらせる。

「で、期間はどのくらい？」

「二晩」

「了解」オリーは私の手をとって、軽くキスした。「じゃあ、その魚を見に行こう」


自分の家から離れるにしたがって、オリーは機嫌《きげん》が良くなり、うきうきしてきた。たった二晩でも旅に出れば、家族という重荷を忘れられるからだ。しかもマウイには、ニューヨーク時代の友だち、ザックがいるという。

「きっときみも、あいつが気に入ると思うよ」

「全部、気に入ると思うわ」

飛行機の出発時刻は、午前七時。まだ時間があるので、行きたかった場所に寄り道してもらった。

オリーの車に乗っていると、猛スピードで突っ走る騒々《そうぞう》しい泡の中にいる気がしてくる。

オリーはがんとして窓をあけず、ダッシュボードの車内換気のボタンをおした。タイヤがアスファルトに当たる音は、だれかが耳元でずっと低い音を立てているかのよう。つい耳をふさぎたくなるのを、懸命にこらえた。

それほどスピードを出していないとオリーは言うけれど、私には猛スピードで宙をつっきっているように思える。本によると、高速列車の乗客は、スピードのせいで外の景色がぼやけて見えるらしい。さすがにこの車はそこまでのスピードではないけれど、景色がびゅんびゅん飛んでいき、私の目ではとらえきれなかった。遠くの茶色い丘にならぶ家々が、まともに見えない。頭上に暗号めいた記号や文字があらわれても、解読する前に後ろに消えてしまう。バンパーのステッカーやナンバープレートも、あっという間に通りすぎる。

原理はわかるけれど、じっと座っているのに体が移動するのは妙な気がする。まあ、オリーがアクセルを踏むたびにシートにおしつけられるし、ブレーキを踏むたびに前にたおれこむので、正確にはじっとしているわけじゃないけれど。

ときどき減速すると、ほかの車の中が見えた。

ある車では、運転手の女性がしきりに首をふり、ハンドルを両手でたたいていた。追いこしたあとでようやく、音楽にあわせていることに気づいた。別の車の後部座席では、ふたりの子どもが私に向かってべーっと舌を出して、笑いころげていた。どう反応するのが礼儀なのかわからなかったので、なにもしないで、やりすごした。

少しずつ人間レベルのスピードに減速して、ハイウェイをおりた。

「ここは、どこ？」

「コリアタウン《韓国人街》。住所はここになってるよ」

いっぺんにすべてを見ようとして、頭がくらくらした。光輝くネオンサイン。韓国語のみの広告板――。〈レストラン〉とか〈ファーマシー〉とか〈二十四時間営業〉とか、ありきたりの文字ばかりなのだろうけれど、韓国語は読めないので、どの広告も謎めいた美しい芸術作品に見える。

早朝なのに、歩いたり、しゃべったり、座ったり、立ったり、走ったり、自転車に乗ったり、おおぜいの人たちがいろいろなことをしていた。すべて生身のリアルな人間というのが、いまひとつピンとこない。建築学の課題で作ったミニチュアの人形が、コリアタウンに〝活力〟をあたえているような気がしてならない。

いや、もしかしたら、ここでリアルでないのは、私のほうなのかも。

さらに数分車を走らせ、中庭に噴水のある二階建てのアパートまで来て、ようやく停車した。

オリーはシートベルトをはずしたけれど、車をおりようとはしなかった。「きみの身に、本当になにも起きないんだよな」

私はオリーの手をにぎった。「ありがとう」言葉に出して言えるのは、それだけだった。いま、私がこんなところにいるのはあなたのせいよ、と伝えたい。人は恋をすると世界に目が向くのよ、と。

オリーと会う前の私は幸せだった。いまの私は、生きているという実感がある。幸せに生きるのと、生きていると実感して生きるのは、同じではない。

## 感染

カーラは私を見たとたん、悲鳴をあげて顔をおおった。

「ええっ、幽霊？」私の両肩をつかんで、自分の胸にきつく抱きよせ、私を左右にゆさぶって、さらにきつく抱きしめる。おかげでこっちは、肺の空気がすべておしだされてしまった。

「ここでなにをしてるの？　嘘でしょ、嘘、嘘、ありえない！」カーラは、まだ私をぎゅっと抱きしめたままだ。

「うっ……ううっ……カーラ……会えて……うれしいわ」首をしめられたような声になった。

カーラはいったん離れ、奇跡でも見たかのように首を横にふると、また私を抱きしめた。

「ああ、マデリン。会いたくて、会いたくて、たまらなかった」と、私の顔を両手で包みこむ。

「私もよ。本当にごめんね、私のせいで――」

「ストップ！　あやまること、ないから」

「でも、クビになったのは、私のせいでしょ」

カーラは肩をすくめた。「仕事なら他にもあるわよ。それにね、恋しかったのは、仕事じゃなくて、あなたよ、あなた」

「私も、会いたくて、たまらなかった」

「あなたのママは、当然のことをしたまでよ」

ママのことは考えたくなかったので、オリーをさがした。オリーは少し離れたところに立っていた。

「ねえ、オリーのこと、覚えてるでしょ」

「あの顔を忘れられると思う？　それと、あの身体《からだ》も」大きな声！　オリーに聞こえたにちがいない。

カーラはオリーにつかつかと近づくと、私のときよりほんの少し控《ひか》えめにオリーを抱きしめた。

そして離れると、オリーのほおを少々手荒に、ぽんぽんとたたいた。

「かわいいマデリンのこと、ちゃんと面倒見てくれているのよね、ね？」

オリーは、たたかれたほおをさすっていた。

「はい、できるかぎり。ごぞんじかどうか知りませんが、彼女、少し頑固なんですよ」

カーラは私とオリーの間の緊張に気づき、一瞬だけど長く感じる一秒間、私たちを交互にながめた。

私もオリーも、玄関先に立ったままだった。

「とにかく、入って。さあさあ」と、カーラ。

「こんな早起きだなんて、思わなかった」私は入りながら言った。

「年をとると、寝られなくなるの。いずれ、わかるわよ」

この私が、年をとるまで生きられる？　そうききたくなったけれど、かわりに別の質問をした。

「ローザは？」

「二階で寝てるわ。起こそうか？」

「ううん、いい、時間がないから。カーラに会えれば、それでいいわ」

カーラはまた私の顔を両手で包み、今度は看護師の目でしげしげと観察した。

「あれから、いろいろあったようね。ここでなにをしているの？　気分はどう？」

私の答えを聞こうと、オリーが近づいてくる。私は、両腕で自分を抱えこんで答えた。

「もうね、すっごく元気」不自然に明るい声になった。

「薬について、説明しろよ」と、オリー。

「薬って？」カーラが私をひたと見すえて、答えをせまる。

「あのね、薬を手に入れたの。治験薬だけど」

「治験薬なんて、あなたのママが使うはずがないわ」

「私が個人的に手に入れたの。ママは関係ない」

ふうん、とカーラがうなずく。「で、どこから手に入れたの？」

オリーにしたのと同じ話をしたけれど、カーラはこれっぽっちも信じていなかった。片手で口をおおい、アニメのように目を大きく見ひらいている。

私は声にこそ出さないが、目で必死にうったえた。お願い、カーラ。お願いだから、わかって。嘘だとばらさないで。人生は贈り物だって言ったじゃない――。

カーラは胸元に小さな円を描きながら、目をそらして言った。

「あなたたち、お腹が空いてるでしょ。朝ご飯、食べていきなさい」

カーラは私たちを明るい黄色のカバーにくるまれたソファへ案内すると、キッチンに消えた。

カーラがいなくなると、私はすぐにオリーに言った。「想像してたとおりの家だわ」薬を話題にしたくない。

結局、私もオリーも座らなかった。私は、オリーから少し離れてリビングを見まわした。壁はどれも原色で、ちょっとした小物や写真で、ほぼおおいつくされている。

「薬の件、とくになにも言われなかったな」ようやくオリーが口をひらいて、近寄ってきた。

緊張する。オリーが、私の肌から、嘘を感じとるかも——。

カーラの家の代々の女性の写真を見てまわった。みんな、カーラにそっくりだ。二人掛けのソファの上には、赤んぼうのローザを抱っこしているカーラの大きな写真が飾ってあった。その写真を見るうち、ママのことを思いだした。写真の中のカーラがローザを見つめる視線のせいだ。その視線には愛情だけでなく、熱情も——娘を守るためならどんなことでもする、とでも言いたげな熱情も——こもっている。

ママから受けつづけた大きな恩を、私は一生かかっても返せないだろう。


カーラは、朝食にチラキレスを作ってくれた。トウモロコシのトルティーヤに、サルサソースと、チーズと、サワークリームっぽいメキシカンクレマをかけた料理だ。初めての味で、おいしいけれど、一口しか食べられなかった。緊張していて、食事どころではない。

「プロの目から見て、薬は本当に効くんですよね？」オリーがカーラにたずねた。声が安心しきっている。

「たぶんね」と言いつつ、カーラは首を横にふった。「ぬか喜びはさせたくないけど」

「いいから、カーラ、意見を聞かせて」なぜ私がまだ発作《ほっさ》を起こしていないのか、知りたくてたまらないけど、そうはきけない。自分のついた嘘のせいで、身動きがとれなくなってしまった。

「その薬は、病気の進行を遅らせるのかもしれないわね。薬は関係なくて、単に発作の引き金に接触していないだけかもしれないけど」

「でも、薬が効いている可能性もありますよね」オリーは、かなわぬ期待に胸をふくらませている。奇跡の薬だと思っているのだ。

カーラが、テーブル越しにオリーの手をそっとさすった。「良い子ね」

そして私から目をそらし、私とオリーの皿をキッチンに下げた。

私はカーラを追ってキッチンに入った。気まずくて、足が重い。「あの……ありがとう」

カーラはタオルで手をふいていた。「あなたの気持ちは、わかってる。なぜここに来たのかも、わかってるわ」

「カーラ、私、死んじゃうかも」

カーラは布巾《ふきん》をぬらし、しみひとつないカウンターをふきながら言った。

「私はね、昔、真夜中に、なにも持たずにメキシコを出た。生きられるとは思ってなかった。

とちゅうで、おおぜい死ぬからね。それでも、国を離れた。両親と妹と弟を捨てて、国を出た……」

布巾をすすいで、つづけた。

「家族には引きとめられたわ。命を捨てる気かって。でも私は言い返した。自分の命だから、どうするかは自分で決めるってね。国を出て、そのまま死ぬか、もっとましな人生を手に入れるか、どちらかだってね」

また布巾をすすいで、きつくしぼった。

「いい、マデリン、家を出たあの夜ほど、自分が自由だと思ったことはないわ。ここに来てからずっと、いまだって、あの夜ほどの自由は、ただの一度も味わってない」

「後悔してない？」

「もちろん、してるわよ。家を出てから、さんざんつらい目にあってきたもの。両親が死んだときだって、葬式に行けなかった。ローザは、自分のルーツをなにひとつ知らないし」カーラは、ため息をついた。「でもね、後悔しない人生なんて、生きているとは言えないでしょ」

私は、なにを後悔することになるのだろう？　頭の中をいろいろなイメージがかけめぐった。私の白い部屋で、愛する家族はどこに行ってしまったのだろうと、たったひとりで物思いにふけるママ。青々とした野原で、私とパパとお兄ちゃんの墓を、たったひとりで見つめるママ。あの家で、ひとりきりで死んでいくママ――。

カーラが私の腕にそっと触れる。私は、ママのイメージをばっさりと切りすてた。想像すると、つらすぎる。想像したら、生きられなくなる。

「私……発作《ほっさ》を起こさないかも」カーラにささやいた。

「ええ、そうね」と、カーラ。

希望がウイルスのように全身にひろがった。

## またあとで

# 初めてのフライト　Q&A

Q：客室の気圧の変化による耳鳴りをおさえるには、どうするのが一番いいですか？
A：ガムをかむこと。それと、キス。
Q：窓側、中央、通路側のどの座席が、一番おすすめですか？
A：ぜったい窓側です。上空三万二千フィートから見る世界は格別です。ただし窓側の座席の場合、あなたの旅のパートナーは、隣に座ったものすごくおしゃべりで退屈な乗客につかまってしまう恐れがあります。その場合もキス（退屈な乗客とではなく、あなたとパートナーとのキス）は、有効な対抗策となります。
Q：客室の空気は、一時間に何回浄化されますか？
A：二十回です。
Q：毛布に快適にくるまれるのは、何人までですか？
A：二名まで。しっかりくるまるコツは、座席の間のひじかけをあげて、できるだけ身体《からだ》を寄せあうことです。
Q：飛行機のようにすばらしいものを発明できる人間が、なぜ核爆弾のようにおそろしいものを発明したりするのですか？
Ａ：人間は謎めいていて、矛盾《むじゅん》した存在だからです。
Ｑ：乱気流に巻きこまれる可能性はありますか？
Ａ：はい。人生にちょっとした乱気流はつきものです。

## 回転式コンベヤー

オリーは、まだ動いていない手荷物引き渡しコンベヤーの端に飛び乗って、宣言した。「人生は、まさに回転式コンベヤーだ」

私もオリーも預けるほどの荷物がなかった。私の荷物は、生活必需品をつめた小さいバックパックのみ。中身は歯ブラシ、下着、ロンリーアース社のマウイ島ガイドブックと、『星の王子さま』。『星の王子さま』は、まちがいなく必需品だ。もう一度読んで、本の解釈がどう変わったか、確かめたい。

「そんなこと、いつ思ったの？」

「たったいま」

いまのオリーはトンデモ論者モードだ。私がどういう意味かとたずねるのを、今か今かと待っている。

「種明かしは、さんざんじらしてから？」

オリーは首を横にふると、コンベヤーからジャンプして、私の目の前におりた。

「よーし、じゃあ、種明かしだ。いい？」

私は鷹揚《おうよう》に、つづけて、と合図した。

「人間は生まれると、人生という名の、ひたすら回転しつづける奇妙な仕掛けに投げだされるんだ」

「つまり、人間を荷物に見立てるってこと？」

「うん」

「で？」

「回転する前に落ちてしまう荷物もあれば、落ちてきたほかの荷物に傷つけられて、使えなくなる荷物もある。迷子になったり、忘れられたりして、永遠にまわりつづける荷物もある」

「じゃあ、引きとられた荷物はどうなるの？」

「どこかのクロゼットで、平々凡々と過ごす」

どうつづけたらいいのかわからなくて、口をぱくぱくしていたら、オリーは私が納得したと思ったらしい。

「な？　完璧な理論だろ」目で笑いかけてくる。

「ええ、完璧だわ」トンデモ説ではなくて、あなた自身が完璧だ、という意味で言ってから、オリーと指をからめて、あたりを見まわした。「どう？　見おぼえがある？」

オリーは十歳のとき、家族旅行で一度、マウイ島に来たことがあるらしい。

「うーん、あんまり覚えてないんだ。たしか親父《おやじ》が、最初に見る風景にもうちょっと金を使ってもいいのに、って言ってた気がする」

空港ターミナルには、出迎えの女性スタッフの姿がちらほら見えた。花模様の長いドレスを着て、ようこそというプラカードを持ち、紫と白の蘭《らん》のレイをいくつも腕にかけている。潮の香りはしない。ジェット燃料や洗浄剤のような、人工的なにおいがする。旅行している実感がわくので、このにおいは好きになれるかもしれない。騒音のレベルが上がったり下がったりし、その合間に出迎えの女性スタッフや家族の「アロハ」というコーラスがはさまる。最初に目にする風景としては、悪くない。

オリーのお父さんは、なにが大切かわからないまま、なぜずっと生きてこられたのだろう？

「ねえ、あなたの人間荷物説だと、お母さんは傷つけられた荷物になるのかしら？」

オリーはうなずいた。

「妹さんは？　迷子になって、永遠にまわりつづける荷物？」

　オリーがまたうなずく。

「じゃあ、あなたは？」

「妹と同じだよ」

「お父さんは？」

「あの人は、コンベヤーだ」

「ううん、ちがう」私は首を横にふって、オリーの手をつかんだ。「お父さんだけ、全部を手にすることないわ」

　よけいな一言だった。

　オリーは私の手をふりきり、少し離れてターミナルを観察すると、レイをかける相手がまだ見つかっていない女性スタッフのほうへあごをしゃくった。

「きみにレイをもらってくるよ」

「いいわよ、そんな」

「いいから。ここで待ってて」

　オリーは女性スタッフの元へ行って、レイをくれとたのんだ。最初、女性は首を横にふってことわった。だがオリーは、あきらめなかった。ねばり強い性格なのだ。数秒後、オリーと女性スタッフがそろってこっちを見たので、手をふった。気さくで、感じが良くて、レイをサービスしたくなるような子だと、わかってもらいたい。

結局、女性スタッフが折れて、オリーはレイを手に意気揚々ともどってきた。そのレイを受けとろうとしたら、オリーが首にかけてくれた。

「あのね、レイは、もともとは王族だけにあげるものだったのよ」

ガイドブックの受け売りだ。オリーは私の髪を両手でまとめ、うなじを軽くなでてから、レイから手を離した。

「そんなのは常識さ、お姫さま」

私は花の美しさを少しわけてもらった気分で、レイを指でいじった。

「オリー、マハロ・ヌイ・ロア。ありがとうって意味よ」

「ガイドブックを隅から隅まで読んだんだろ？」

私はうなずいた。

「スーツケースがあったら、うれしいな。旅行するときは、プラスチックフィルムで密封包装して、旅行先のステッカーをベタベタと貼るの。でね、コンベヤーで運ばれてきたら、わくわくしながら両手でつかむの。いよいよ次の冒険だ、ってね」

オリーが私を見た。神が存在するとはいわないまでも、もしかしたらいるかもしれないと思い悩む、無神論者のような顔をしている。

オリーに引きよせられて、抱きあった。オリーが私の髪に顔をうずめ、私はオリーの胸に顔をうずめる。私たちの間には、日光が差しこむ隙間《すきま》もない。

「死なないでくれ、マデリン」

「死なないわ、オリー」

## マデリン辞書

▼やくそく【約束】 1．守りつづけたい嘘［二〇一五、ホイッティア］

## いま、ここに

ガイドブックによると、マウイ島は頭のような形をしている。タクシーで首をつっきり、あごから口、鼻を通過して、広い額《ひたい》をめざして北上し、ホテルへと向かった。私が予約したカアナパリのホテルは、髪の生え際《はえぎわ》にあたる位置にある。

タクシーが角を曲がった瞬間、道路にそって左側に海が広がっていた。波ぎわまで九メートルもない。

果てしなく、無限に広がる海——。その広大さに、心をゆさぶられた。海は世界の端へと落ちていく。

「これを知らずに生きてきたなんて、信じられないわ。こんなに広い世界を、なにひとつ知らなかったなんて……」

オリーは首を横にふった。

「マディ、ひとつずつ行こう。いまは、ここにいるんだから、な」

大海と同じ色をした、オリーのオーシャンブルーの瞳を見つめた。私は今、本物の海とオーシャンブルーの海にかこまれて、溺《おぼ》れかけている。見るものがありすぎて、どこに目を留めたらいいか、わからない。世界は広すぎる。私には、その世界を見てまわるだけの時間がない。

またしても、オリーが私の心を読んだ。「停まって、見てみる?」

「ええ、お願い」

車を停めてもらえないかとオリーがたのんだところ、運転手はもちろんと言ってくれ、この先にピクニックもできる駐車場があると教えてくれた。

そこに着くと、私は我慢できず、エンジンが止まる前におりた。坂を少し下って、砂浜をつっきれば、海だ。

オリーが距離をあけてついてくる。

海――。

想像していたより青くて、広く、波が立っていた。髪が風になびき、砂と潮風が肌をこすり、鼻の中に入りこむ。坂をおりるとすぐに靴をぬぎ、ジーンズをぎりぎりまでまくりあげた。乾いた砂は熱くて、さらさらしていた。砂が滝のように足にふりかかり、足の指の間にすべりこむ。

海に近づくにつれて、砂の様子が変わった。貼りついて、皮膚《ひふ》のように足をおおう。波打ちぎわでまた変わり、今度はビロードのようになめらかになった。砂と水のまじったやわらかい地面に、私の足跡がつく。

とうとう、足に波が打ち寄せてきた。足首、ふくらはぎまで、水に浸《つ》かる。海水が膝《ひざ》に達し、まくりあげたジーンズが濡れるまで、海の中へ入っていった。

「おい、気をつけろよ」オリーが背後から声をかけてくる。

どういう意味で、気をつけろと言っているのだろう？　溺《おぼ》れるかもしれないという意味？発作《ほっさ》を起こすかもしれないという意味？　世界にとりこまれると、自分の中に世界をとりこむことにもなる、という意味?
そう、それは否定できない。いま、私は、世界にとりこまれている。
そして、世界をとりこんでいる。

## マデリン辞書

▼たいかい【大海】 1. 意識することはないが、つねに存在を感じている、自分のなかの無限に広がる部分［二〇一五、ホイッティア］

## 謝礼

予約したホテルはビーチに建っていた。吹き抜けのせまいロビーは潮の香りがして、海が見える。入り口で、「アロハ」とレイの出迎えを受けた。オリーが自分の分のレイをくれたので、いまはレイを三本重ねて首にかけている。

あざやかな黄色と白のアロハシャツを着たベルボーイに、お荷物をお運びします、と声をかけられた。オリーは荷物はあとから来るとかなんとか言うと、なにかきかれる前にベルボーイをふりきり、私を連れて進んだ。

私はホテルのチェックインカウンターのほうへオリーをそっとおして、書類を渡した。

「マウイ島へようこそ、ホイッティアご夫妻さま」と、カウンターの女性が言う。

オリーはまちがいを訂正せずに、私を引きよせ、くちびるに音をたててキスし、カウンターの女性ににこやかに言った。

「マハロ（ありがとう）」

「お客さまは、二泊三日のご予定ですね」

オリーがたしかめるようにこっちを見る。私はうなずいた。

カウンターの女性はキーをポンポンと打つと、チェックインには時間が早いが部屋はすでに用意できていると言った。そして部屋の鍵とホテルの見取り図を差しだし、ビュッフェ形式のコンチネンタル・ブレックファーストを無料で提供していると教えてくれ、「良いハネムーンを！」とウインクした。

ホテルの部屋は、とてもせまかった。家具はチーク材。色彩豊かな南国の花々の大きな絵が飾ってあって、ロビーと雰囲気がよく似ている。ハワイ語で〈ラナイ〉と呼ぶバルコニーは、小さな庭と駐車場に面していた。

部屋の真ん中でぐるっと一回転し、仮住まいのこの部屋でなにが必需品としてそろっているか、点検した。テレビ、小型冷蔵庫、巨大なクロゼットがひとつずつと、机と椅子のセット。さらに、もう一回転した。あれ？　なにが足りないのだろう？

「ねえ、オリー、ベッドはどこ？　どこで寝るの？」

オリーは一瞬とまどった顔をしたが、すぐにあるものに目をとめた。

「ああ、これのこと？」

と、巨大なクロゼットに歩みよった。上部のふたつのハンドルをにぎり、手前に引っぱると、ベッドがあらわれた。

「じゃじゃーん！　現代のコンパクト設計の典型だよな。スタイルと快適さ、便利さと実用性のきわみだね。これが収納式のマーフィーベッドだよ」

「マーフィーって、だれ？」壁からベッドが飛びだすなんて！

「このベッドの発案者だよ」オリーがウインクする。

ベッドを引きだすと、部屋はさらにせまくなった。私もオリーも、ひとつきりのダブルベッドをひたすら見つめる――。オリーが私のほうをふりかえった。オリーが口をひらく前から、私は赤くなっていた。

「ひとつきりだね」オリーの声は淡々《たんたん》としているが、目はちがう。オリーの熱い視線に、私はさらに赤くなった。

「ええっと……」たまたま、ふたり同時にそう言って、ぎこちなく笑いあった。ひとしきり照れて笑ってから、あまりにもぎこちなくて、意識しすぎの自分たちを笑った。

オリーがようやく視線をはずし、部屋の中をさがすふりをした。

「例のガイドブックは、どこ？」

私のバックパックをつかんで、中身をかきまわし、本をとりだした。が、ガイドブックではなく、『星の王子さま』だった。

「たしか生活必需品を持ってきたんだったよな」

オリーは『星の王子さま』をふりながら私をからかうと、ベッドに乗って、真ん中で軽くジャンプしはじめた。ベッドのスプリングがキーキーと悲鳴をあげる。

「これって、きみの不動のベストセラー？」本をひっくりかえした。「高二のときに読んだけど、意味がさっぱりわからなかった」

「もう一回、読んでみて。読むたびに、意味が変わるから」

ベッドの上から、オリーが私を見下ろした。「いままでに、いったい何回――」

「ほんの数回」

「それって、二十回以上？　以下？」

「はいはい、何度も読んだわよ」

オリーはにやっとして、表紙をめくった。「持ち主、マデリン・ホイッティア……」題名が書いてある巻頭のページをひらいて、さらに読みあげた。「この本を見つけた人への謝礼。私（マデリン）と古書店に行く。モロキニ島沖でハワイ州の魚フムフムヌクヌクアプアアを見つけるために、私（マデリン）とシュノーケルで潜《もぐ》る……」

オリーは音読をやめて、続きを黙読した。「これ、いつ書いたんだ？」

私もベッドに乗ろうとしたけれど、めまいでふらついたのでやめた。もう一度のぼろうとしたら、またもめまいに襲われて、バランスをくずした。

オリーに背を向けて、ベッドに腰かけた。心臓をきつくしめつけられて、痛みで息がつまる。

即座にオリーが寄ってきた。「マディ、なんだ？　どうした？」

まずい。まだ、だめ。ちょっと待って。「なんか、くらっとして。お腹が……」

「病院へ行くか？」

タイミングをはかったかのように、私のお腹がグーと長く大きな音を立てる。

オリーのほうへ顔をあげた。「あのね、私――」

「腹ペコ」ふたり同時に言った。

そう、きっとそのせいだ。発作《ほっさ》じゃない。空腹なだけ。

「私、もう、お腹がペコペコ」

この二十四時間、カーラが作ってくれたチラキレスを一口と、悪魔の看護師が用意したリンゴのスライスを少ししか食べてない。

オリーが声をあげて笑いだし、ベッドにあおむけにたおれこんだ。「大気中のなにかのせいで、もしかしたら死んじゃうんじゃないかって、ずっと心配してたんだ」両手のつけ根を目におしあてる。「まさか、腹ペコで死にそうとは」

ここまで空腹になったのは、生まれて初めてだ。これまでほぼ毎日、きまった時間に三度の食事と二度のおやつを食べてきた。食事はきちんととるべきだ、とカーラはかたく信じていて、お腹が空《す》くと頭が空《から》っぽになる、とよく言っていた。

私もベッドにあおむけにたおれこみ、オリーとならんでいっしょに笑った。

また心臓をぎゅっとしめつけられたが、無視した。

## “いま”の思い出

軽く食事をしたら、だんぜん気分が良くなった。海水浴グッズがいるし、オリーがおみやげもいると言うので、〈マウイ土産物雑貨店《みやげものざっかてん》〉という便利な店に立ち寄った。

こんなにたくさんの品を見たのは、生まれて初めてだ。量だけで圧倒される。マウイとかアロハとか、そういった言葉が印刷された、大量のTシャツと大量の帽子。ハンガーにかけられてずらりとならぶ、ほぼ全色そろった大量の花模様のサンドレス。キーホルダーやショットグラス、マグネットといった手軽な小物が大量にならぶ回転式の棚も、いたるところに置いてある。サーフボード専用のキーホルダーだけがそろった棚もあった。キーホルダーにはステンシルで名前が書かれていて、アルファベット順にならんでいる。ためしにオリバー、マデリン、オリー、マディという名前をさがしたけれど、なかった。

オリーが背後から近づいてきて、私の腰に片手をまわした。私は、上半身むきだしのサーファーのカレンダーがならんだ壁の前に立っていた。なかなか魅惑的な眺めだ。

「妬《や》けるな」オリーが耳元でささやく。

私は声をあげて笑うと、オリーの腕をさすって、

「ふふっ、でしょ」と、カレンダーのひとつに手をのばした。

「えっ、まさか、マジで――」

「カーラへのおみやげ」

「だよな」

「あなたは？　なにを買ったの？」あごをそらして、オリーの胸に頭をつけた。

「母さんに貝殻のネックレス。カラにはパイナップルの灰皿」

「ねえ、みんな、なんでこういうものを買うの？」

オリーは、私の腰にまわした手に力をこめて答えた。

「むずかしい理由があるわけじゃない。思い出を覚えておくためだよ」

いつのまにか気づいたら、オリーの腕の中が世界一好きな場所になっている――。そんなことを考えながら、オリーのほうへ向きなおった。オリーの腕の中は、なじみがあって、めずらしくて、安心できて、ドキドキする。

「これ、カーラに買っていくわ」上半身裸のサーファーのカレンダーを、オリーにこれみよがしに見せた。「それと、マカデミアナッツのチョコ。あと、ドレスを一着、自分用に買うつもり」

「お母さんへのおみやげは？」

ひたすら娘を愛しつづけ、娘のために人生を捨てた母親には——二度と会えないかもしれない母親には——どんな品が思い出になる？　そんな品は、きっと永遠に見つからない。ママが見せてくれた、ハワイの古い家族写真を思いだした。私には、あのビーチに家族四人でいた記憶はないけれど、ママにはある。そう、ママには、私のいろいろな思い出があるし、私の記憶にはない人生の思い出もある。

オリーから離れて、店内をぶらぶらした。ふつうティーンエイジャーは、十八歳ともなれば親元を離れる。家を出て独立し、親とはちがう思い出を刻んでいくのだ。けれど、私はちがう。これまでママと閉ざされた空間でいっしょに過ごし、フィルターで浄化された空気をいっしょに吸ってきた。生まれてからずっとそうなので、いま、ママと離れてここにいることが、すごく不思議に感じる。ママのいない思い出を作っているのも不思議だ。

もし、このまま家にもどるまで生きられなかったら、ママはどうするだろう？　私の思い出をかきあつめる？　私の思い出をとりだして、何度もながめて、何度も思いかえす？

ママのいない〝いま〟の思い出も、ママにあげたい。私の思い出のひとつとして、プレゼントしたい——。

絵はがきの回転棚があったので、絵はがきを買って、ママにありのままの気持ちを書いた。

## 水着

試着してから買ったほうが良かったのかも――。着られないのではない。着られるけれど、ぴちぴちなのだ。こんなに肌を露出した姿を、人前にさらしていいのだろうか？

いま、私は浴室で、自分の生身の姿と鏡に映った姿を見くらべている。水着は細い肩紐《かたひも》のついた、あざやかなピンク色のワンピース。あまりにも強烈なピンク色で、私のほおまでピンク色に染まっている。まぶしい陽光が似合う、バラ色のほおをしたサマーガールみたいだ。

湿気のせいで、髪の毛がふだんよりもふくらんでいる。ボリュームをおさえるために、ひとつにまとめて編んでから、また鏡のほうへ向きなおった。肌の露出をおさえるには、服を着るしかない。脱いだ服を全部着るとか？

また全身をざっと見た。この水着だと、まちがいなく、胸と足が強調される。身体《からだ》のあらゆるパーツが、ちょうどよい場所に、ちょうどよい具合におさまっている。お尻がかくれているかどうか、腰を少しひねってたしかめた。かくれてはいるが、ぎりぎりだ。

もし私がふつうの女の子だとしたら、鏡の中の自分をどう思うだろう？　太りすぎ？　やせすぎ？　この尻や腰、顔はいまいち？　自分の身体にコンプレックスを抱く？　いまのところ、唯一《ゆいいつ》のコンプレックスは、健康体と交換したくてたまらない身体ということだけだ。

オリーが浴室のドアをノックした。「おーい、シュノーケルでもしてるのかい？」

いつまでも浴室にこもっていられない。でも、すごく緊張する。オリーは、私のすべてのパーツがちょうどいい具合だと思ってくれる？

「ううん、深海に潜《もぐ》って釣りをしてるの」声がわずかに震えた。

「うん、いいね。じゃあ、あとで寿司でも――」

私は絆創膏《ばんそうこう》でもはがすように、一気にドアをあけた。

オリーは口をとじた。その目がゆっくりと私の顔から足の先までたどり、さらにゆっくりと下から上までもどってくる。

「水着なんだ……」

私の首と胸の間をじっと見つめている。

「うん」

オリーの目を見つめた。そこに映っているものを見て、裸になった気がしてきた。心臓の鼓動が早くなる。心臓を落ちつかせたくて、深呼吸をしたけれど、無駄だった。

オリーは私の両腕に手を走らせ、ゆっくりと私を引きよせた。顔と顔が近づくと、私の額《ひたい》に自分の額をおしあてた。瞳が青く燃えている。

飢えている瞳。私をひと思いに食べてしまいたいとでも言いたげな瞳――。

「その水着は……」と、オリー。

「ぴちぴちね」つづきは私が言った。

# ハワイのサンゴ礁にすむ魚類ガイド

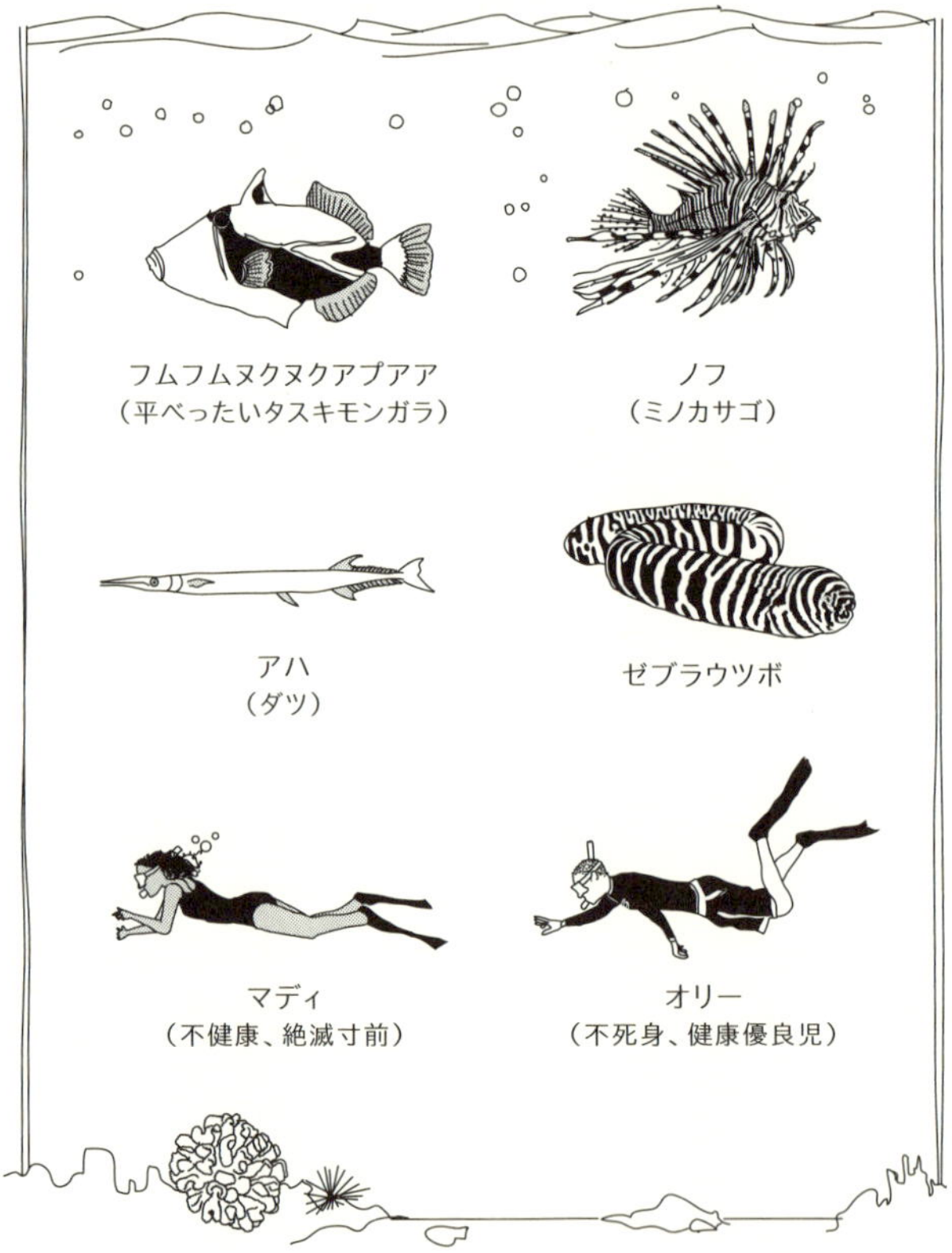

# ジャンプ

海にすぐに飛びこんで、オリーに驚かれた。何事にも猪突猛進《ちょとつもうしん》する、怖さ知らずの赤んぼうみたいだ、と言われた。

赤んぼうみたいにオリーに舌をつきだし、救命胴衣や道具をつけたまま、海の中へずんずん入っていった。

ここは、ブラック・ロック。ビーチまで流れだした溶岩が、ごつごつした巨岩となって空につきだしている。この巨岩は水中で三日月形をしているせいで波が静かで、シュノーケルにぴったりのサンゴ礁になっている。ホテルのフロントによると、この海岸はブラック・ロックから海へ飛びこむクリフ・ダイバーに人気らしい。

水は冷たくて、しょっぱくて、おいしい。私の前世は人魚だったのかも。宇宙飛行士で、人魚で、建築家だ！　フィンと救命胴衣のおかげで、体が浮く。マスクをつけた呼吸にも、数分でなれた。やけに大きい自分の呼吸音を聞いていると、心が落ちついて、なぜか幸せになってくる。呼吸をするたびに、ただ生きているというだけでなく、手応えを感じるのだ。いま、私は、人生を存分に楽しんでいる！

フムフムヌクヌクアプアアは、すぐに見つかった。わざわざ探さなくても、そこらじゅうにいる。ハワイ州の魚に指定されたのは、きっとたくさんいるせいだ。たいていの魚は、サンゴ礁の周囲に群がっている。こんなにあざやかな色の魚は見たことがない。ただの青や黄や赤ではなく、果てしなく深い青、目にまぶしい黄、強烈な赤だ。サンゴ礁から離れると、太陽光線が水中に光の柱を何本も作っていた。銀白色の魚の群れがきれいにそろって、サンゴ礁をすばやく出たり入ったりしている。

オリーと手をつないでさらに遠くへ泳いでいき、腹の白い巨大な鳥のようなアカエイたちがすべるように泳ぐのを見た。二匹の巨大なウミガメは、泳ぐというより飛んでいるようだ。ウミガメは襲ってこないと頭ではわかっているけれど、あまりにも大きくて、海の主《ぬし》のように見える。侵入者の私は、ウミガメたちの気を引かないよう、つい止まってしまった。

一日中こうしていてもいいのに、とうとうオリーに引っぱられて、海岸に引きあげた。オリーは、真昼の日差しで私を日焼けさせたくないらしい。

海岸にもどると、木陰で身体《からだ》をふいた。オリーの視線を感じる。私の目を盗んで見ているつもりらしい。でも、称賛しあうのはおたがいさまだ。私も、ひそかにオリーをじろじろ見ている。海水パンツしかはいていないので、肩と胸と腹のなめらかでしなやかな筋肉を、ようやく拝めた。

ああ、オリーの姿形を、この手で覚えたい――。はっと我に返って身震いし、タオルを身体に巻きつけた。

オリーは私の身震いを誤解して、自分のタオルを私の肩にかけた。オリーの肌は潮の香りがする。そう、それと別のにおい。うまく言えないけれど、オリー特有の香りもする。オリーの胸に舌で触れ、オリーの肌で太陽と塩を味わいたい――。またしてもはっとして、オリーの胸から視線をはがし、顔へと目をあげた。オリーは私と視線をあわさず、私の肌がどこも露出しないよう、タオルをきつく巻きつけると、少し離れた。自分をおさえようとしている気らしい。

おさえてなんか、ほしくないのに。


オリーは、おもにティーンエイジャーが海へとダイブしている巨岩のほうを見た。

「なあ、あの岩からダイブしないか？」目を輝かせている。

「泳げないのよ、私」

「少しくらい溺《おぼ》れたって、どうってことないよ」海は非情で残酷だと私に注意したのは、どこのだれだ？

オリーに手をつかまれて、巨岩へと引っぱられた。近くで見ると、黒くてかたいスポンジみたいだ。足に当たる岩が痛いうえ、一歩一歩、足がかりを見つけて、よじのぼらなければならない。時間がかかったけれど、ようやく頂上にたどりついた。

オリーは、ダイブしたくてうずうずしている。足をとめて、景色を見ようともしない。

「いっしょに行く?」泡立つ海を見下ろしながら、たずねてきた。

「次回はね」

と答えたら、オリーはうなずいた。

「じゃあ、先に行くよ。きみを溺《おぼ》れさせたりしないから、な」

オリーはいきおいよく宙へジャンプし、きれいに一回転して、矢のように海につっこんだ。

数秒後には顔をだし、おいで、と私に向かって腕をふる。

腕をふりかえしてから、目をつぶり、いまの状況を考えた。崖《がけ》のような巨石からのダイブは、いちおう身の危険のある重大な瞬間に思えたからだ。けれど不思議なことに、深く考える気にはならなかった。オリーのように、えいやっとダイブしてしまいたい。

海にいるオリーをさがした。オリーが下で私を待っている。

将来のことを思えば、この岩からのダイブなど、こわいうちにも入らない。

ロンリーアース、マウイ島——カアナパリ以北

# 非日常にトライ

## クリフダイビング

高さ九メートルの崖から太平洋へ、
足から先に、腕をばたつかせて、
さあダイブ！ スリル満点の急降下、
絶叫することまちがいなし!
着水して足がチクッとした直後、冷たい海水が鼻の中へ一気に流れこみます。目をつぶっているので、海の中は真っ暗。一時的な真空状態で、聞こえるのは水の音のみ。冷たい水中で、あたたかいのはエアポケットのみ。水面にもどるには意外に時間がかかり、ここは別の惑星か、まったく知らない場所か、と思う瞬間がおとずれます。が、水面に顔を出すと、鼻と目から水が流れだし、あなたはまた、この広大な世界で、ちっぽけな生きものへともどるのです。

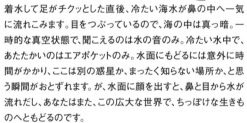

## ザック

ホテルにもどると、オリーは部屋の電話で友だちのザックに連絡した。すると三十分後、本人がやってきた。

焦げ茶色の肌、ボリュームのあるドレッドヘアで、顔からはみだしそうな笑みを浮かべたザックは、着いたとたん、エアギターを弾《ひ》きながら、知らない曲を歌いだした。オリーも満面に笑みを浮かべている。ザックはギターを弾くまねをしながら頭を激しくふり、曲にあわせてドレッドヘアを大きくゆらした。

「ザック！」オリーがザックを抱きよせた。おたがい、うれしそうに背中をたたきあう。

「おれ、ザカリヤって改名したんだ」

「いつ？」と、オリー。

「ロック界の神になるって決めたとき。ほら、音があれに似てるだろ――」

「メサイアね」ジョークのオチがわかったので、私は口をはさんだ。

「正解！　おまえのガールフレンドは、おまえよりできるな」

私は赤くなって、オリーのほうを見た。オリーも赤くなっていた。

「サイコーだね」ザックは声をあげて笑い、エアギターをかきならす仕草をしながら言った。ザックの笑い声を聞いていると、カーラの笑い声を思いだす。気どってなくて、ちょっとうるさくて、ひたすら明るいカーラの笑い声――。カーラに会いたくて、たまらなくなった。

オリーが私のほうを見て、ザックを紹介してくれた。「マディ、ザックだよ」

「だから、ザカリヤだって」

「ふん、だれがそんな名前で呼ぶか。ザック、マディだよ」

ザックは私の手をとり、手に軽くキスした。

「会えてすごくうれしいよ、マディ。きみの話はいろいろ聞いてるけど、まさか本当にいたとはなあ」

「しかたないわ」私はキスされた手をしげしげとながめながら言った。「いなくなっちゃう日もあるんだもの」

ザックがまたけたたましく笑い、私もつられて笑っていた。

「オッケー」オリーが割りこんできた。「じゃあ、つづきは場所を変えて。マディの名前がついたロコモコがあるんだ」

ロコモコというのは、こんもりと持ったごはんの上にハンバーグを乗せ、グレイビーソースをかけ、さらに目玉焼きをふたつ乗せたハワイ料理だった。ザックがフュージョン料理のレストランに案内してくれ、そこで遅めのランチをとることにし、わずか数十メートル先に海がある屋外の席に三人で座った。

「店ならここがベストだよ」と、ザック。「地元の人間はみんな、ここで食べるんだ」

「もう、両親に言ったのか？」ロコモコをほおばる合間に、オリーがザックにたずねた。

「ロックスターの件？　それともゲイの件？」

「両方」

「ううん、まだ」

「言っちゃったほうが、すっきりするぞ」

「だよな。でも、ハードルがちょっと高い」

ザックは、私のほうを見てつづけた。

「うちの両親は、正しいと信じていることが三つしかないんだ。家族と、教育と、勤勉。家族とは、お父さんとお母さんと子どもふたりと犬一匹。教育とは、四年制大学。勤勉は、芸術とか、希望とか、ロックスターになる夢とか、そういうものとは無縁だね」

ザックは、オリーのほうへ向きなおった。その茶色い目は、いままでよりも真剣だった。

「そんな両親に、長男であるおれの夢はアフリカ系アメリカ人版フレディー・マーキュリーになることだなんて、どう切りだせばいい？」

「ご両親、きっと勘づいてるわよ」私は言った。「少なくとも、ロックスターのほうは。だって、あなたの髪の毛、四種類の赤に染められているもの」

「ただの反抗期だと思われてるよ」

「じゃあ、ご両親に歌を書いてみたら？」

ザックの笑い声が響きわたった。「いやあ、好きだよ、きみのこと」

「私もよ。ねえ、歌のタイトル、『カエルの子なのにカエルじゃない』っていうのは、どう？」

「おれ、カエル？」ザックが声をあげて笑う。

「ふたりとも、おもしろいねえ」オリーはほほえんでいるけれど、明らかに気もそぞろだ。

「なあ、ザック、おまえのケータイ、貸してくれよ」

ザックから携帯電話を受けとると、オリーはすぐになにか打ちはじめた。

「オリー、おまえんちは？ 親父《おやじ》さん、いまだに飲んだくれか？」

「あの人が変わると思う？」オリーは、携帯電話の画面から顔をあげようともしない。

「だよねえ」ザックの声には、あきらめがこもっていた。オリーの家族について、どのくらい知っているのだろう？ オリーのお父さんは、ただの飲んだくれよりも質《たち》が悪い。

「じゃあ、マディ、きみは？ きみのご両親は、どんなふうにひどいの？」

「うちは母しかいないの」

「ふうん。だとしても、お母さんに不満はあるよね」

ママ。私のママ。ほとんど忘れていたママ。いまごろは、きっと心配しすぎて、発狂寸前になっているママ――。

「だれにだって弱点はあるけど……うちのママは頭が良くて、強くて、いつも私のことを一番に考えてくれるの」

ふたりともだまりこんだのは、驚いたからだろう。

オリーが、ザックの携帯電話から顔をあげた。「マディ、お母さんに、無事だって伝えないとな」

そして私にザックの携帯電話を渡し、トイレへと席を立った。

**From：マデリン・F・ホイッティア**
**To：genericuser033@gmail.com**
**件名：(なし)**
うちの娘といっしょなの？　あの子は無事？

From：マデリン・F・ホイッティア
To：genericuser033@gmail.com
件名：(なし)

いっしょなのね。娘がどれだけ重症か、あなたはわかってない。連れもどしてちょうだい。

---

From：マデリン・F・ホイッティア
To：genericuser033@gmail.com
件名：(なし)

お願いだから、どこにいるか、教えて。娘は、いつひどい発作《ほっさ》を起こしても、おかしくない。

---

From：マデリン・F・ホイッティア
To：genericuser033@gmail.com
件名：(なし)

あなたの居場所はわかったわ。次の便でそちらに向かう。朝一番に着く予定。それまで、どうか娘を守ってちょうだい。

読むのをやめて、携帯電話を胸に抱え、目をとじた。後ろめたくて、腹が立って、しかもパニックを起こしている。

ママが心配のあまり身もだえしていると思うと、そばに飛んでいって、私はだいじょうぶ、と安心させたくなる。ママに身をゆだねようという気になる。

けれど新しい自分は、せっかく知りかけた世界をあきらめたくないと思っている。ママが私個人のメールアカウントに勝手にログインしたのが、気にさわる。オリーと思っていた以上に時間を過ごせなくなったのも、腹が立つ。

あまりにも長い間、目をつぶっていたらしい。とうとうザックに、だいじょうぶかい、と声をかけられてしまった。

目をあけて、ストローをくわえてうなずきながら、パイナップルジュースを一口飲んだ。

「いや、だいじょうぶじゃなさそうだね。気分はどう？　オリーから聞いたけど――」

「私が病気だってこと？」

「うん」

「だいじょうぶよ」本気でだいじょうぶだ。気分はいい。ものすごくいい。

携帯電話に視線をもどした。なにか返信しておかないと。

From：genericuser033
To：マデリン・F・ホイッティア〈madeline.whittier@gmail.com〉
件名：（なし）

ママ、心配しないで。お願いだから、ここに来ないで。本当にだいじょうぶだし、私の人生だから。愛してるわ。またね。


送信ボタンをおして、携帯電話をザックにもどした。ザックはそれをポケットにしまうと、私を見つめてたずねた。

「インターネットで薬を手に入れたっていうのは、本当？」

ママからのメールを読んで動揺し、オリーとの時間がかぎられているとわかって不安なときに不意をつかれ、つい、嘘つきがとってはいけない行動をとってしまった。ザックと目を合わさず、そわそわして赤くなったのだ。

口をひらいて説明しようとしたけれど、なにも出てこない。

ようやく目を合わせると、すでに真相を見ぬかれていた。

「あの……オリーに……ばらす？」

「いや。おれだって、もう長いこと、自分のことで嘘をつきつづけてきたし。気持ちはわかるよ」

心の底からほっとした。「ありがとう」

ザックは、だまってうなずいた。

「ねえ、ご両親に打ちあけたら、どうなると思う？」

ザックの返事は、すばやかった。「親か夢か、どっちか選べってせまるだろうな。おれは親は選ばない。そうすれば、全員ハッピーだよ」

ザックは椅子の背にもたれて、エアギターをかきならした。

「ローリング・ストーンズには悪いんだけどさ、タイトルをもじらせてもらおうと思って。おれのファーストアルバムのタイトルだけど。ロック・アンド・ロール・アンド・ア・ハードプレイスにしようと思って。どうしようもなく板ばさみ、っていう意味なんだけど。どうかな？」

私は、声をあげて笑った。「ひどい」

ザックは、また真剣になった。「大人になるのは、愛する人をがっかりさせることなのかもね」

質問ではなかった。質問だったとしても、私には答えようがない。

トイレからもどってくるオリーを目で追った。

「マディ、どうだ、具合は？」オリーはそうたずねると、私の額《ひたい》にキスし、鼻にキスし、くちびるを重ねた。

ママがこっちに向かっていることは、言わないでおいた。いっしょにいられる時間を、心おきなく楽しみたい。

「ぴんぴんしてるわ」体調について嘘をつかずにすむのだけは、ありがたかった。

## マーフィーベッド

ホテルにもどるころには、日が暮れかかっていた。オリーは部屋のすべての照明をつけ、天井のファンを回すと、宙で一回転して、マーフィーベッドに飛びのった。

そしてベッドの片側に寝そべり、反対側にも寝そべった。

「おれ、こっちにする」こっちというのは、ドアに近い左側だ。「いつもベッドの左側で寝るんだ。まあ、その、参考までに言っとくけど」

上半身を起こし、マットレスに両手をつけて、つづけた。

「あのさ、マーフィーベッドは快適さのきわみって、さっき言ったよな？　あれ、取り消すよ」

「オリーったら、緊張してるの?」うっかり、そう言ってしまってから、ベッドの右側のランプをつけた。

「いや、べつに」返事があまりにも早い。寝返りを打って、ベッドの左端から床《ゆか》に落ち、そのまま寝そべっている。

私はベッドの右端に座り、ためしに一回、はねてみた。マットレスがキーキーときしむ。

「ねえ、いつもひとりで寝るのに、なぜ左側で寝るの?」

ベッドにあがって、寝そべってみた。オリーの言うとおり、あぜんとするほど寝心地が悪い。

「……期待してるから」

「期待って、なにを?」

オリーが答えないので、ベッドの左側へと寝返りを打って、床をのぞいてみた。オリーは腕で両目をかくして、あおむけに寝そべっていた。

「……隣で寝てくれる人」

私は赤面して、顔をひっこめた。

「あなたって、どうしようもないロマンチストね」

「うん、そうだよ」

沈黙が流れた。頭上ではファンが静かな音を立てて、生あたたかい風をかきまわしている。

ドアの向こうから、エレベーターがとまるチンという音と、通り過ぎていく客たちの低い声が聞こえてきた。

きのうまでは、たった一日でも外の世界で過ごせたらじゅうぶんだと思っていた。けれど、実際に一日過ごしてみると、もっと過ごしたくてたまらない。一生外で過ごせるとしても、満足するかわからない。

しばらくして、オリーが言った。「うん。緊張してる」

「なぜ?」

オリーは息を吸った。吐いた音は聞こえなかった。

「マディ……こんな気持ちは初めてなんだ」

オリーの声は小さくなかった。それどころか、長い間言いたくてたまらなかった言葉のように、大きな声で一気に言った。

私は両ひじをついて上半身を起こし、寝そべり、また上半身を起こした。いま、私たちは、愛について語ってる?

「私も、こんな気持ちは初めてよ」そっと、つぶやくように言った。

「きみは、おれとはちがうだろ」オリーの声は、いらだっていた。

「ちがう? どうちがうの?」

「きみの場合は、なにもかもが初めてだろ。でもおれは、初めてじゃないんだ」

どういう意味？　初めてだと、リアルさに欠けるってこと？　まさか。宇宙にだって、初めての瞬間があるのに。

オリーは、それ以上なにも言わない。考えれば考えるほど、心がさわぐ――。そのとき、はっとした。オリーは私の気持ちをはねつけたり、軽んじたりしているわけじゃない。ただ、こわいのだ。ほかに選択肢のない私が、たまたま自分を選んだだけなのではと、不安なのだ。

オリーが、また息を吸った。

「初恋じゃないって、頭の中ではわかってる。でも、そんな気がしないんだ。きみとの恋は、初恋のときより熱い。初めてで、最後で、一生に一度の恋のように感じるんだ」

「だいじょうぶよ、オリー。私、自分の心は、ちゃんとわかってるから。なにもかも初めてだけど、自分の心は初めてじゃないから」

オリーはベッドにもどり、片腕をのばしてきた。私はオリーの腕の中に丸まり、オリーの首と肩の間の、私にぴったりのすきまに頭をあずけた。

「愛してるよ、マディ」

「愛してるわ、オリー。あなたと出会う前から、こうなる運命だったのよ」

身体《からだ》を寄せあって、なにもしゃべらず、いつのまにか眠りに落ちた。しばらく外から声が聞こえたけれど、ふたりの言葉以外はどうでもよかった。

## すべての言葉

ゆっくりと目がさめ、ベッドでだらだらするうち、はっとして時計を見た。一時間以上も眠ってしまった！　日没まで残り時間は少ないのに、寝すごすなんて！　時計をちらっと見て、計算した。シャワーをあびるのに十分。そのあと、ふたりきりの最初で最後の日が暮れていくのを見守る、絶好の場所を見つけるのに十分——。

オリーをゆりおこすと、浴室にかけこんで、ひとまずサンドレスに着がえた。ボトムスはフレアスカート、トップスはゴム入りでフリーサイズだ。髪をまとめずにおろしたら、カールしながらふくらんで、肩から腰へと流れた。鏡をのぞくと、明るい茶色の肌はつやがあって、瞳はきらめている。

いまの私は、健康そのものだ。

オリーは、バルコニーの手すりの上に腰かけていた。両手で手すりをつかんでいるけれど、見るからに危なっかしい。だいじょうぶ、オリーは身体能力が高いから、と自分に言いきかせた。

オリーは、私を見てほほえんだ。いや、ただのほほえみじゃない。オリーだけど、いつものオリーじゃない。近づいていく私を、射るような視線で見つめている――。

全身のあらゆる神経が、バチバチと火花を散らすのを感じた。なぜオリーは視線だけで、私の神経に火をつけられるのだろう？　私の視線も、オリーに同じ効果がある？

ガラスの引き戸でいったん立ちどまり、オリーを見つめた。タイトな黒のTシャツ、黒の短パンに、黒いサンダル。休暇中の死神みたいだ。

「おいで」と、オリー。

オリーがV字型に広げた両脚のなかにおさまった。オリーが動きをとめ、手すりをつかむ手に力がこもる。

新鮮なオリーの香りを吸いこんで、顔をあげた。オリーの目は、底なしの澄んだ夏の青い湖のよう。くちびるを合わせた。オリーが手すりから飛びおりて、私を背後のテーブルへとおしていく。気がつくと、オリーにぴったりと体をつけていた。オリーが、うめき声をあげながらキスしてくる。私は口をあけ、息と息がからみあい、息苦しくなるまでキスしつづけた。私の手が、オリーの肩からうなじへ、髪へとすべっていく。どこでとまったらいいか、わからない。全身に電流が走った。すべてがほしい。いますぐほしい。オリーがくちびるを離した。たがいに息を切らし、額《ひたい》と鼻をくっつけながら、その場に立っていた。オリーの手は私の腰を強く抱き、私の手はオリーの胸に当てられている。

「マディ……」オリーが目で問いかけてくる。

イエス、と答えた。答えはイエスだと、前からわかっていた。

「夕陽は?」と、オリー。

私は首を横にふった。「夕陽なら明日もあるわ」

オリーのほっとした顔を見て、思わずほほえんだ。抱きあったまま、オリーが私を後ろ向きに歩かせ、バルコニーのドアを通りぬけて、さらに進む。とうとう、ひざの後ろがベッドにおしつけられた。

私はベッドに座り、すぐに立ちあがった。ブラック・ロックの巨岩からダイブするほうが簡単だ。

「マディ、無理しなくていいんだよ」

「ううん。無理してない。素直な気持ちよ」

オリーはうなずくと、なにかを思いだして、目をきつくつぶった。「あの、買いにいかないと――」

私は、また首を横にふった。「持ってるわ」

「持ってるって、なにを?」オリーには意味が通じなかったらしい。

「コンドームよ、オリー。持ってるの」

「……そうなんだ」

「うん」恥ずかしくて、全身が赤くなる。

「いつ、手に入れたんだ?」

「さっき、みやげもの店で。十四ドル九十九セントだった。あそこ、なんでもそろってるのね」

オリーが、小さな奇跡でも見るような目で私を見る。ふと、その笑顔が別の表情に変わった。次の瞬間、私はベッドにあおむけに寝そべり、オリーの手が私のドレスを引っぱっていた。「脱いで。早く」

私はいそいで膝《ひざ》をつき、ドレスを頭の上に引っぱって脱いだ。生あたたかい空気に肌がさらされ、体が震えた。

「ここにも、そばかすがあるんだね」オリーが私の乳房の上を手でなぞる。

私は視線を落として確認し、ふたりで声をあげて笑った。

オリーが、私のむきだしの腰に手を置いた。

「きみは、いいところばかりが、ぎゅっとつまってるんだね」

「それは……あなたもよ」

うまく言葉にならない。頭の中のすべての言葉が、オリーというたったひとつの単語に入れ替わっている。

オリーがTシャツを頭から脱ぐ。その瞬間、私の体が頭を乗っとった。オリーのなめらかで引きしまった胸の筋肉に指先を走らせ、両胸の谷間に指をしずめた。くちびるでも軽くふれ、味わいながら、同じルートをたどる。オリーはあおむけに寝そべり、私に身をゆだねてじっとしている。オリーの胸からつま先まで、そこからまた胸まで、くちびるで全身を行き来した。軽くかみたいという衝動をおさえきれず、軽くかんだ。と、オリーの理性がふっ飛び、火が点《つ》いた。私の体はオリーが触れた場所が燃え、触れていない場所も燃えあがった。たがいに身を寄せ、くちびるも腕も脚も体も絡めあった。オリーが私の上に乗り、私もオリーも無言のまま、ひとつになって動く。

こうして私は、宇宙の神秘をさとった。

## マデリン辞書

▼むげん【無限】 1．どこまでが片方の体で、どこからが次の体なのか、

わからない状態のこと。「私たちの喜びは無限だ」〔二〇一五、ホイッティア〕

## 目に見える世界

ビッグバン宇宙論によると、宇宙は一瞬にして出現した。宇宙空間の大変動によって、ブラックホールや褐色矮星《かっしょくわいせい》、物質や暗黒物質、エネルギーや暗黒エネルギーが誕生した。その大変動は、銀河、星、月、太陽、惑星、海をも生みだした。

この概念には、なかなか素直にうなずけない。私たちが出会う前に時間が——時間というものが誕生する前に時間が——あったなんて、信じがたい。

たしかに、最初はなにもなかった。そのあと、突如すべてがあらわれた。

## 今、この時

オリーはほほえんでいる。ほほえみが消えることはないだろう。あらゆる笑みを浮かべるオリーのくちびるに、キスしないではいられない。一回のキスが十回のキスにつながり、オリーのお腹が鳴ってようやく、キスにストップがかかった。

私はくちびるを離した。「なにか食べたほうがいいんじゃない」

「きみ以外に？」オリーは私の下くちびるにキスし、軽くかんだ。「きみはおいしいけれど、食べられないな」

私は、毛布を胸にあてて起きあがった。深い仲になったけれど、まだ裸体をさらす勇気はない。オリーはまったく恥ずかしがらず、なめらかな動きでベッドから出ると、真っ裸で部屋のなかを歩きまわった。

ベッドの頭板によりかかって、軽やかで優雅なオリーの動きに見とれていた。いまのオリーは死神じゃない。

なにも変わっていないけれど、すべてが変わっていた。あいかわらず私はマディだし、オリーはオリーだけれど、いまはそれだけじゃない。私はいままでとはちがうオリーを知っているし、オリーもいままでとはちがう私を知っている。

レストランはビーチの上にあって、通されたテーブルは海に面していた。午後九時と遅い時間だったので、青い海は闇にしずみ、寄せては砕《くだ》ける白波しか見えない。波の音は、店内の音楽とまわりのしゃべり声のバックグラウンドミュージックだ。

「ふむふむ、メニューにフムフムはあるかな？」

オリーが私をからかった。海に潜《もぐ》ったときに見た魚を全部食べてみたいなんて、ふざけたことを言っている。

「んもう、さすがに州の魚は料理しないわよ」

今日一日あちこち動きまわって、飢え死に寸前だったので、メニューにのっている前菜を片っ端から注文した。メニューは、ポケ（マグロの醤油漬《しょうゆづ》け）、カニの身のクラブケーキ、海老《えび》フライのココナッツシュリンプ、ロブスターの餃子《ぎょうざ》と、蒸し豚のカルアポーク。食事するときも、ずっと触れあっていた。食べ物を噛《か》んだり、パイナップルジュースを飲んだりする合間に触れあうのだ。オリーは私の首の横やほお、くちびるに触れ、私はオリーの指と腕と胸に触れた。すでに深く触れあったあとだけに、歯止めがかからない。

椅子を動かして、隣あわせに座った。オリーが私の手を自分の膝《ひざ》の上に置く。私がオリーの手を自分の膝に置くこともある。見つめあって、意味もなく笑った。いや、意味がないわけじゃない。世界が、とてつもなくすばらしく思える。私たちが出会って、恋に落ちて、いっしょに過ごせるなんて――。私にとってもオリーにとっても、夢でしかなかったことが起きている。

オリーは、ロブスターの餃子のおかわりを注文した。

「きみといると、メチャクチャ腹が減るよ」

などと眉毛を上下させながらささやき、私のほおに触れる。私は、赤らむ顔をオリーの手の中にうずめた。

運ばれてきたおかわりの皿を、いままでよりも時間をかけて食べた。これが最後の一皿だ。もしこのままここに座って、過ぎゆく時間を意識しないでいられたら、完璧すぎる一日が終わりを迎えることはない。

店を出るとき、また来てくれと声をかけてきたウェイトレスに、オリーはぜったい来ると言いきった。

明るいレストランから、暗い夜のビーチへと向かった。月は雲にかくれている。私もオリーもサンダルをぬいで、波打ちぎわに近づき、ひんやりとした砂につま先をしずめた。夜の波は昼間の波よりも大きな音を立てて、激しく砕《くだ》けていた。歩けば歩くほど人影が減っていき、文明社会を離れたような気分になる。オリーにうながされ、乾いたビーチに移動して座った。

オリーが私の手をとって、手のひらにキスし、一息に言葉を吐きだした。

「初めて母さんをなぐったとき、親父《おやじ》はおれたちにあやまったんだ……」

話題が変わったことに気づくまで、少しかかった。

「泣いてたよ、親父は」

闇が深くて見えないけれど、オリーが首を横にふる気配がした。

「家族そろって座らされてさ。親父《おやじ》が、悪かった、もう二度としないって言ったんだ。カラは激怒して、親父を見ようともしなかった。親父が嘘つきだとわかってたんだな。でも、おれは信じた。母さんも信じたんだ。すべて忘れよう、お父さんはいろいろ苦労してきたんだから、なんて言ってさ。私はお父さんをゆるす、だからあんたたちもゆるしなさい、って」

オリーはつないでいた手をほどき、私にもどして、つづけた。

「それから一年間は、母さんを殴らなかった。深酒《ふかざけ》して、家族をどなりはしたけど、母さんに暴力はふるわなかった」

私は緊張して息をとめ、ずっとききたかった質問をぶつけた。

「お母さん、なぜお父さんと別れないの？」

オリーは鼻をならし、きつい口調で答えた。「おれだって、母さんにきいたさ」砂浜に寝そべり、頭の下で手を組む。「母さんだって、しょっちゅう殴られていたら、別れただろうな。親父がもう少し乱暴だったら、母さんも、おれたちも、たぶん親父を見捨てられた……。でも、親父はいつもあやまって、母さんはいつも信じるんだ」

オリーに触れていたくて、オリーの胃のあたりに手を置いた。オリーも触れあいを求めていたと思う。

それでもオリーはふいに起きあがると、膝《ひざ》を立ててひじを乗せ、私には入りこめないバリアを作ってしまった。

「別れない理由について、お母さんはなんて言ってるの？」

「とくに、なにも。今はもう、理由を言おうともしない。以前は、おれたちが大人になって、つきあいが広がれば、わかるようになるって言ってたくせに」

怒りのこもった声──。驚いた。オリーがお母さんに怒《いか》っているなんて。お父さんに怒ることはあっても、お母さんに怒ることはないとばかり思っていたのに。

オリーは、また鼻をならした。

「母さんによると、愛は人を狂わせるんだって」

「あなたもそう信じてる？」

「イエス。ノー。たぶん」

「全部ならべたら、意味がないでしょ」

暗闇の中で、オリーがほほえむのを感じた。「うん、信じてるよ」

「なぜ？」

「はるばるハワイまで、きみと来てるから。親父のいる家に母さんと妹を残してくるなんて、なかなかできないよ」

私は、罪悪感をねじふせた。

「そういうきみは、信じてる？」

「ええ。もちろん」

「なぜ？」

「はるばるハワイまで、あなたと来てるから」オリーの言葉をくりかえした。「あなたがいなければ、あの家をぜったい離れられなかった」

オリーは膝《ひざ》をのばして、私の手をとった。「これからどうする？」

この質問の答えは、わからない。わかるのは、ここでオリーといっしょに過ごし、愛しあえることが、私にはすべてということだけだ。

「家を出るべきよ、オリー。あの家にいるのは、危ないわ」

私があえて言ったのは、オリーが気づいていないからだ。オリーもお母さんと同じように、愛のある家族、楽しかったころの家族の思い出にとらわれ、満たされないでいる。

オリーの肩に頭を乗せて、闇にしずんだ海をいっしょにながめた。沖に引いた波が、浜の砂をけずろうと、また打ち寄せてくる。けずりそこねて沖に引いても、浜にくりかえし寄せてくる。まるで最後も次もなく、大切なのは今、この時だけだといわんばかりに——。

# 螺《ら》旋《せん》

愛している男の子を連れて家出した夢を見る。果てしなく無限に広がる大海を見た夢を見る。私を愛してくれる男の子と静かではない部屋で眠りに落ちて愛している男の子を連れて家出した夢を見る。果てしなく無限に広がる大海を見た夢を見る。静かではない部屋で眠りに落ちてこの時の夢を見る。

# ジ・エンド

だれかに熱い焼却炉につっこまれ、扉に鍵をかけられた。だれかが私を灯油の中につっこんで、マッチに火を点《つ》ける。体が炎に包まれ、燃えていく――。

少しずつ、意識をとりもどした。シーツがぐっしょりと濡れて、冷たい。汗の海で溺《おぼ》れかけている。

なに？　なにが起きてるの？　すぐに、すさまじい異変に気づいた。

体が震えている。いや、震えるどころじゃない。がたがたとゆれて、おさえきれない。頭が痛い。すさまじい力で、しめつけられている。激痛が四方八方に広がって、目の奥の神経に突き刺さる。

きっと全身、あざだらけだ。皮膚《ひふ》まで痛い。

最初は夢かと思った。けれど、ここまではっきりした夢は見たことがない。起きあがり、毛布を巻きつけようとしたが、無理だった。毛布の上で、オリーが眠っている。

もう一度、起きあがろうとしたら、激痛が骨の髄《ずい》まで突き刺さった。

頭をさらにしめつけられ、アイスピックが皮膚をつぎつぎと刺す。

悲鳴をあげようとしたが、何日間も絶叫しつづけたかのように、喉《のど》がひりひりする。発作《ほっさ》だ！

ただの発作じゃない。死の発作だ。

ああ、どうしよう。オリー……。オリーの心を砕《くだ》いてしまう。

そう思った瞬間、オリーが目をさました。「マディ？」と暗闇の中で声をあげ、ベッド脇のランプをつける。

ああ、目が痛い！　きつくつぶって、顔をそむけようとした。こんな顔を、オリーに見られたくない。けれど、間に合わなかった。最初はとまどっていたオリーの表情が、異変を察知し、驚愕《きょうがく》し、恐怖へと変わっていく。

「ごめんね」オリーに伝えようとしたが、たぶんちゃんとした言葉になっていない。

オリーが私の顔と首と額《ひたい》に触れた。

「ウソだろ」くりかえし、つぶやいている。「ウソだろ！」

オリーが毛布を引きはがした。体が、ありえないくらい、冷えきっている。

「マディ、ものすごい熱だ」

「さ……寒い……」声をしぼりだして言うと、オリーはおびえきった顔をして、私を毛布でくるみ、私の頭を抱え、冷や汗で濡れた眉とくちびるにキスした。

「マディ、だいじょうぶだ。きっと、だいじょうぶだから」

そう言ってくれるのはうれしいけれど、うそだ。ドクン、ドクンと、痛みが全身をかけぬける。喉《のど》が腫《は》れてふさがっているのか、息苦しい。

「救急車だ」と、オリーが言っている。

頭を動かしてみた。オリーはいつ、部屋のあっちへ行ったの？　ここはどこ？　オリーが電話でだれかと話している。発作《ほっさ》です。病気なんです。死にそうなんです。緊急事態なんです。薬が効かなくて——。

私のことだ。

オリーは泣いている。泣かないで。カラはだいじょうぶ。お母さんもだいじょうぶ。あなたも、きっと、だいじょうぶだから。

ベッドがしずむ。私は流砂に引きこまれていく。だれかが私を引きあげようとする。オリーの手は熱い。なぜ、そんなに熱いの？

オリーの手の中で、なにかが光っている。携帯電話だ。オリーがなにか言っているけれど、言葉がはっきりしない。なに？　お母さん。きみのお母さん——。

そう。ママ。助けて、ママ。ママはすでにこっちに向かっている。きっと、もうすぐ来る。

目をとじて、オリーの指をつかんだ。

もう……時間が……ない。

私の　心臓は　とまった

そして　また　動きはじめた

## マウイ記念病院　退院証明書

カルテNo.　患者：ホイッティア マデリン

病院名：マウイ記念病院

入院日：　退院日：　担当医：フランシス メリッサ

| | |
|---|---|
| 患者情報 | 年齢：18 歳　誕生日：1997 年 5月 2日　性別：☐男・☒女<br>人種　☐白人　☐黒人／アフリカ系アメリカ人　☐アジア人<br>☐ラテンアメリカ人　☐ネイティブアメリカン　☒複数人種<br>☐その他　☐不明 |
| 心臓診断 | ☐胸痛、僧帽弁閉鎖不全症の疑い　☐陳旧性性心筋梗塞<br>☐慢性心不全、肺水腫　☐冠動脈疾患　☐不安定狭心症<br>☐失神　☐脳血管障害　☐末梢血管疾患　☐その他 |
| 措　置 | ☐なし　☐心臓カテーテル　☐PTCA　☐PTCAステント使用<br>☐PCI　☒心エコー図　☐右室造影法　☐気管内挿管チューブ<br>☐NuclearETT　☐冠動脈バイパス・グラフト　☐心臓弁<br>☐MUGA　☐運動負荷エコー　☐その他 |
| 既往症 | ☐僧帽弁閉鎖不全症　☐狭心症　☐心臓麻痺　☐高血圧<br>☐糖尿病　☐腎不全　☐喫煙（1年以内）<br>☐運動習慣（週三回、三十分未満）なし　☐人工弁機能不全<br>☐脳卒中　☐慢性閉塞性肺疾患　☐心房細動　☒不明　☐該当なし |
| 退院時の状態 | ☐01-自宅への退院<br>☐02-転院<br>☐03-高度看護施設へ転院<br>☐04-中間看護施設へ転院<br>☐06-在宅医療機関へ転院<br>☒07-医師の忠告に反して退院<br>☐10-慢性疾患専門病院あるいはリハビリ施設へ転院<br>☐11-精神衛生施設へ転院<br>☐12-その他<br>☐20-死亡 |

## 蘇生

あのときのことは、あまり覚えていない。きれぎれの記憶が、ぐちゃぐちゃに入りまじっている。

救急車。脚を一回刺された。つづいて二回。蘇生のために、アドレナリン注射を数本。遠くから、もの悲しいサイレンの音。その音が、すぐそこにせまってくる。部屋の隅の高い位置に、青と白に点滅するテレビが一台。二十四時間ぶっ通しで、点滅しながらピーピーと鳴る複数の機械。白衣の男女。聴診器と注射針と消毒剤――。

次の記憶は、前に私を歓迎してくれた、あのジェット燃料のにおいだ。それと、レイ。二重に私をくるむ、チクチクする毛布。ブラインドが下ろされているのに、窓側の席に座る意味がある？

ママの顔。ママの涙。海が作れそうなくらい大量の涙。

そして、オリーのブルーの瞳。黒ずんでいった瞳。そこに悲しみと安堵《あんど》と愛情を見てとって、私は目をとじた。

いま、私は家に向かっている。これからは永遠に、あの家から出られない。

生きているけれど、生きていたくない。

## 再入院

私の寝室は、ママによって病室へと様代わりしていた。私はベッドで枕に寄りかかり、点滴につながれ、モニター装置にかこまれた。食べ物はデザート用のゼリーのみ。目がさめるたびにママがベッド脇にいる。私の額《ひたい》に触れて、話しかけてくる。意識を集中して、ママの言葉を理解しようとした。が、声が聞きとれない。

数時間後か、数日後かわからないけれど、また目がさめたら、ママはベッド脇でクリップボードをにらみながら、こっちを見下ろすようにして立っていた。私は目をとじて、自分の体に意識を集中した。痛みは感じない。もっと正確に説明すると、ひどく痛むところはない。頭は？　喉《のど》は？　脚は？　すべて問題なし。

目をあけると、ママが薬で私を眠らせようとしているところだった。

「やめて！」あまりにも急に起きあがったせいで、めまいと吐き気に襲われた。眠らなくてもだいじょうぶ、と言うつもりだったのに、声が出ない。

咳ばらいして、声をしぼりだした。

「もう……眠らせないで」これからも生きていくなら、とりあえず起きていたい。「ママ、私……どう？」

「だいじょうぶよ。もう、心配ないわ」ママの声が震えて、涙声になる。

私は上半身を起こして、ママを見つめた。肌は透けるように青白く、こけて顔にはりついている。髪の生え際《はえぎわ》からまぶたまで、見るからに痛々しい青筋が立っていた。やせ細った腕と手首にも青筋が見える。ママの目は、おびえきっていた。おぞましい光景を目の当《ま》たりにし、さらなる恐怖を覚悟して、なにも信じられなくなった目だ。

「よくもこんな無茶を……。死んでいても、おかしくないのに……」ママはそうささやくと、一歩近づいて、クリップボードを胸に抱えこんだ。「よくも、私をこんな目に……。さんざん、尽くしてきたのに……」

ママになにか言いたくて、口をひらきかけたが、言葉が出てこない。

私は罪悪感という海で、溺《おぼ》れかけていた。

ママがいなくなったあとも、ベッドに横たわっていた。起きあがって体をのばす気になれない。窓から顔をそむけた。

いま、後悔していることは？　まずは、家の外に出たこと。外の世界をこの目で見て、心をうばわれたこと。そして、オリーと恋に落ちたこと――。自分に欠けているすべてを知ったのに、この先一生、どうやってここにこもって生きればいい？

目をとじて、眠ろうとした。けれど、ママのさっきの顔が――狂おしいほどの愛情がこもった目が――頭から離れない。

愛情とは、ひどく恐ろしいものだと思う。私を愛するママのように、だれかを激しく愛するのは、きっと皮膚《ひふ》も骨もすべてとりのぞいて、心臓を体の外にむきだすようなものだ。

愛情とは、恐ろしいもの。愛情を失うのは、もっと恐ろしいこと。

愛情とは、恐ろしいもの。私は、いっさい関わりたくない。

## 退院　Part 2

**〈水曜日　午後六時五十六分〉**

**オリー**：なあ、どうしてるんだ？

**オリー**：だいじょうぶか？

**マデリン**：うん。
**オリー**：お母さんはなんて言ってる？
**オリー**：だいじょうぶそう？
**マデリン**：だいじょうぶよ、オリー。
**オリー**：会いに行ったんだけど、お母さんが会わせてくれなかった
**マデリン**：私を守ってるのよ。
**オリー**：だよな
**マデリン**：命を助けてくれてありがとう。
**マデリン**：いろいろ迷惑かけてごめんね。
**オリー**：礼なんていらないよ
**マデリン**：とにかくありがとう。
**オリー**：本当にだいじょうぶなのか？
**マデリン**：もう、きかないで。
**オリー**：ごめん
**マデリン**：あやまらないで。

〈同日　午後九時三十三分〉

**オリー**：またこうして連絡がとれて、うれしいよ

**オリー**：きみのパントマイムはいまいちだったね

**オリー**：なにか言ってくれよ

**オリー**：マディ、がっかりしてるのはわかるけど、生きてるじゃないか

**オリー**：体が回復したら、ふたりでお母さんに話をしよう。また会えるようになるかも

**オリー**：望みどおりにはいかなくても、なにもないよりはましだろ

〈木曜日　午前零時五分〉

**マデリン**：なにもないよりましなんてウソ。なにもないより、だんぜん悪い。

**オリー**：えっ？

**マデリン**：以前のようにもどれると思う？

**マデリン**：殺菌消毒して、短い時間しか会えなくて、触れあったりキスしたりできなくて、未来もない状態なんかにもどりたい？

**マデリン**：あなたはそれでいいの？

**オリー**：なにもないよりはましだろ

**マデリン**：ううん、ましじゃない。ましだなんて言わないで。

**〈木曜日　午前二時三十三分〉**

**オリー**：薬は？
**マデリン**：薬って？
**オリー**：薬は二日効いただろ。いずれ病気が治るかも
**オリー**：マディ？
**マデリン**：薬なんてないわ。
**オリー**：どういう意味？
**マデリン**：最初からなかったの。薬の話をしたのは、あなたといっしょに出かけたかったから。
**オリー**：嘘をついたのか？
**オリー**：死んでたかもしれないんだぞ。おれが責任をとらされるところだったじゃないか
**マデリン**：私のことで責任をとる必要なんてない。

**〈木曜日　午前三時四十二分〉**

**マデリン**：オリー、私はすべてがほしかった。あなたも、この広い世界も。なにもかもがほしかった。
**マデリン**：もう、無理。
**オリー**：無理って、なにが？
**マデリン**：メッセージは無理。メールも無理。つらすぎる。元にはもどれない。ママの言うとおりだった。以前の暮らしのほうがましだった。
**オリー**：だれにとってましなんだ？
**オリー**：マディ、こんな仕打ちはしないでくれ
**オリー**：おれはきみのいる暮らしのほうがいい
**マデリン**：私とはちがうのね〈ログアウト〉

## 〈命短し〉TM：マデリンによるネタバレ書評

---

**『見えない人間』　ラルフ・エリスン著**
ネタバレ注意：　だれにも見えなければ、存在しないも同然。

# 地理

赤いヒナゲシが一面に広がる、果てしない花畑。腰の高さまでのびた緑の茎。血を思わせる真っ赤な花。そして、遠くにオリーがぽつんとひとり。それがふたりになり、大勢になって、オリーの一団がこっちへ行進してくる。全員無言で、ガスマスクを装着し、手錠を持って、黒いブーツで赤いヒナゲシを踏みつぶしながら、確固たる足取りでせまってくる――。

目がさめても、この夢が頭から離れない。一日中、オリーのことを考えないようにしながら、夢うつつで過ごした。

初めて見かけた日のことを考えないようにする。別の惑星から来たように見えたオリー。ブントケーキ。逆立ち。キス。ビロードのような砂。初めてのキスと同じくらい素敵だった二度目、三度目、四度目のキス。私の中に入ってきて、ひとつになったときのオリー……。

オリーのことは考えない。もし考えたら、オリーや外の世界と深くつながっていたほんの数日前のことを、いやでも思いだしてしまう。

はかない希望を、いやでも思いだしてしまう。奇跡が起きたと、自分をごまかして信じたことを、思いだしてしまう。恋い焦《こ》がれた外の世界が、じつは私を求めていなかったことを、いやでも思い知らされてしまう。

オリーのことは、もう忘れなければ。いい勉強をさせてもらった。人は愛情で死ぬことがあるのだ。外の世界で人生を存分に楽しむより、ここで生きているほうがいい。

自分の心はちゃんとわかっている、と前にオリーに言ったけれど、それはいまもそうだ。自分の心のどこになにがあるか、ちゃんとわかっている――場所の名前は、すべて変わってしまったけれど。

# 絶望の地図

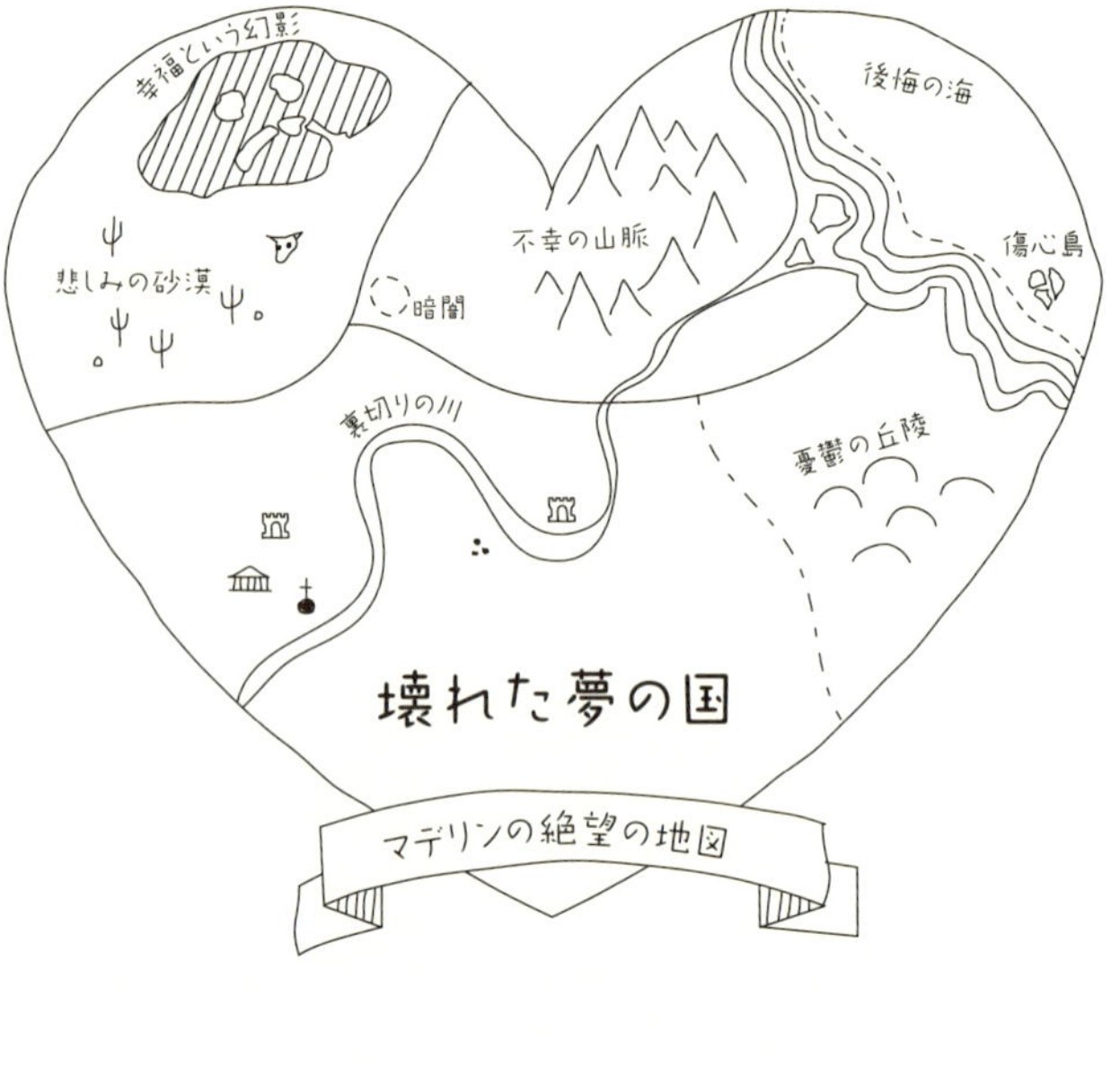
幸福という幻影
悲しみの砂漠
暗闇
不幸の山脈
後悔の海
傷心島
裏切りの川
憂鬱の丘陵
壊れた夢の国
マデリンの絶望の地図

## 〈命短し〉TM：マデリンによるネタバレ書評

『異邦人』　アルベール・カミュ著
『ゴドーを待ちながら』　サミュエル・ベケット著
『嘔吐《おうと》』　ジャン＝ポール・サルトル著
ネタバレ注意：すべてがむなしい。

# 全て選択、削除

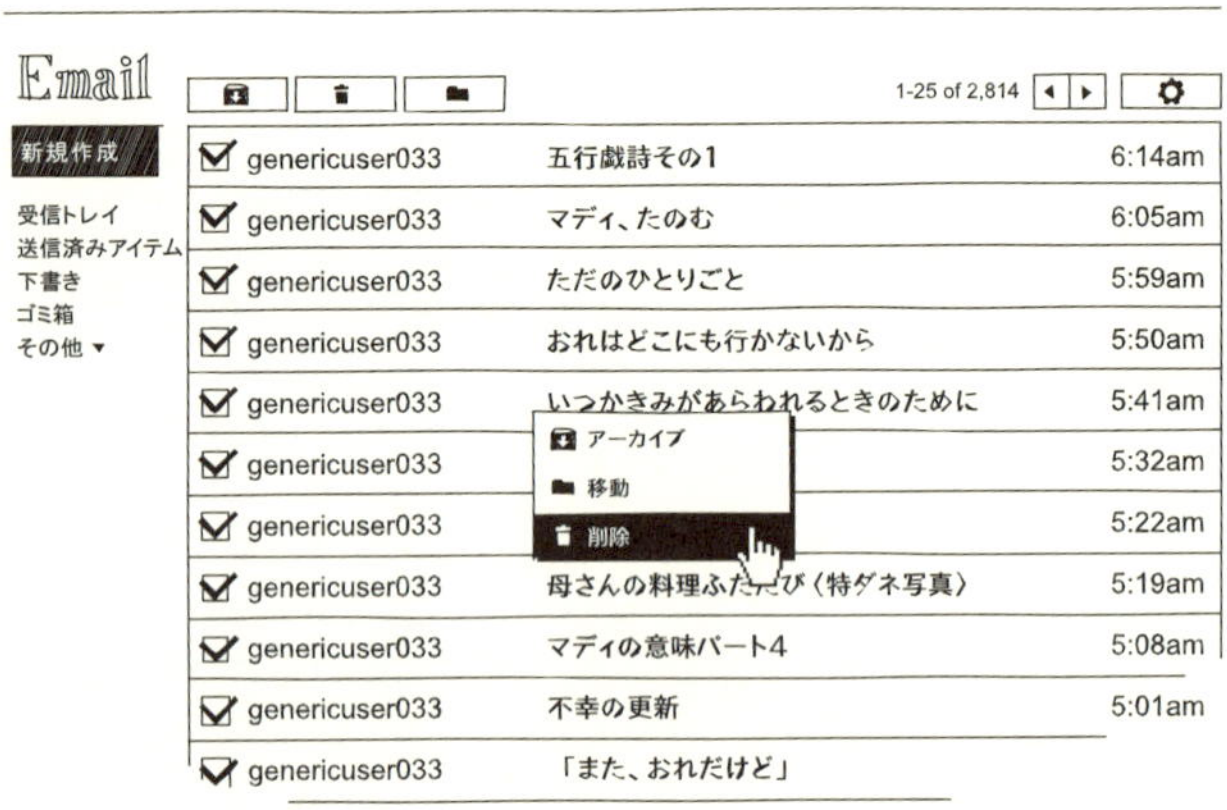
Email
新規作成
受信トレイ
送信済みアイテム
下書き
ゴミ箱
その他
1-25 of 2,814
genericuser033 五行戯詩その1 6:14am
genericuser033 マディ、たのむ 6:05am
genericuser033 ただのひとりごと 5:59am
genericuser033 おれはどこにも行かないから 5:50am
genericuser033 いつかきみがあらわれるときのために 5:41am
genericuser033 5:32am
genericuser033 5:22am
アーカイブ
移動
削除
genericuser033 母さんの料理ふたたび〈特ダネ写真〉 5:19am
genericuser033 マディの意味パート4 5:08am
genericuser033 不幸の更新 5:01am
genericuser033 「また、おれだけど」

## 見せかけ

日に日に回復している。傷ついているのは心だけ。心はなるべく使わない。ブラインドは閉めっぱなしで、読書にいそしむ。読むのは、実存主義か虚無主義の本のみ。人生に意味があるように見せかける本は、ゆるせない。ハッピーエンドなどゆるせない。

オリーのことは考えない。オリーからのメールは、すべて読まずに削除している。二週間で、あるていどスカイプで授業を再開できるまでに回復した。あと二週間で、すべてを再開できる。

オリーのことは考えない。オリーからのメールをさらに削除する。

ママはあいかわらず私の治療にいそしんで、私のそばをうろつき、心配したり、騒ぎたてたり、薬を投与したりしている。だいぶ回復したから、そろそろどうかと説得されて、ママとの夜のゲームが復活した。オリーと同じくママも、元の生活にもどりたいのだ。もうママとのゲームは楽しめないけれど――いまの生活で楽しいことなどなにもない――ママのためにつきあっている。ママはさらに痩《や》せてしまった。心配だし、どうしたら治せるのかわからないので、フォネティック・スクラブルとオナー・ピクショナリーをしたり、映画をいっしょに観たりして、見せかけの自分を演じている。

オリーからのメールはとだえた。


「カーラにもどってきてもらうことにしたわ」ある晩、夕食のあとにママが言った。

「もう、信用しないんじゃなかったの？」

「ええ。でもね、マデリン、あなたのことは信用してる。あなた、痛い目にあって、学んだもの。世の中には、身をもって体験しないと、わからないこともあるのね」

## 再会

次の日、カーラが部屋に飛びこんできた。以前よりも、さらに勢いがいい。まるで、空白期間などなかったみたいだ。

カーラは、即座に私を抱きしめた。「ごめんね。全部、私のせいね」

私は泣き崩れたくなくて、全身に力をこめてこらえた。もしいま、涙を見せたら、すべてが現実になってしまう。このまま、この人生を送らなければならなくなる。もう二度と、オリーに会えなくなる――。

けれど、こらえきれなかった。カーラは、泣きたいときに顔をうずめる、やわらかい枕のような存在だ。いったん泣きだすと、一時間は止まらなかった。おかげでカーラはずぶ濡れで、私は涙を出しきった。涙の井戸は枯れるもの？

さらに涙があふれてきて、答えはおのずとわかった。

「ママは、どうしてる？」ようやく泣きやんだ私に、カーラがたずねた。

「私のこと、きらいにはなっていないみたい」

「母親はね、かわいい子どもを、きらいになんかなれないの。愛しすぎているんだもの」

「でも、きらいになったって、おかしくないでしょ。ひどい娘だもの。ひどい仕打ちをしたんだし」

また、涙があふれてくる。カーラが手でぬぐってくれた。

「で、愛しのオリーは？」

私は首を横にふった。カーラにはなんでも話すつもりだけど、これだけは無理。心が、ずたずただ。この心の傷は、教訓として刻んでおきたい。日光を当てて、治したくない。もし治したら、また心をときめかせたくなってしまうから。

以前の日課がもどってきた。きのうも今日も明日も、なにも変わらない日々がくりかえされる。まさに、前から読んでも後ろから読んでも同じ〝スマートなトーマス〟状態だ。いまは〝視覚の魔術師〟エッシャーの二次元のリトグラフに出てくるような階段――三次元だとどちゅうでとぎれていて、どこにも行きつかない階段だ――のある、図書館の模型を作っている。

そのとき、窓の外からよく響く低音につづき、ピーピーという音が聞こえてきた。今回は、音の正体がすぐにわかった。

すぐには窓辺に行かなかった。けれどカーラが飛んでいって、実況中継をしてくれた。カーラによると、音の正体は〈兄弟引越社〉という引っ越しのトラックだった。業者の兄弟がトラックからあらわれ、数台の台車と空《から》の段ボール箱とガムテープを荷台からおろし、オリーのお母さんに話しかけた。オリーとカラもいる。お父さんの姿は見当たらないらしい。

好奇心をおさえきれなくなって、私も窓辺に行き、カーラとは反対側のカーテンをめくって、外をのぞいた。カーラの言うとおり、オリーのお父さんの姿はどこにもない。オリーとカラとお母さんはかなりあせった様子で、あわただしく家を出たり入ったりし、業者がトラックに積めるよう、荷物をつめた箱やはちきれそうなビニール袋をつぎつぎとポーチに運びだしている。三人とも無言だ。ここからでも、オリーのお母さんが緊張しているのが伝わってくる。そんなお母さんを、オリーは数分ごとに立ちどまっては抱きしめて、すがりつくお母さんの背中をやさしくなでていた。カラは我関《われかん》せずで、堂々とタバコを吸い、ポーチに灰を落としている。

オリーを見つめないようにしたけれど、無理だった。心が理性を受けつけない。オリーが私の視線を感じた瞬間がわかった。オリーが手をとめ、こっちを見上げる。目が合った。初めて目が合ったときとは、ちがう。

あのときは、なにも決まっていなかった。けれどあの時点でも、オリーを愛するようになることは、心のどこかでわかっていた。

いまは、すべてが決まっている。すでにオリーを愛しているし、これからもずっと愛しつづけるとわかっている。

オリーが手をあげ、こっちに手をふる。

私はカーテンを放し、窓から離れ、肩で息をしながら背中を壁におしつけた。

オリーと知りあったこの数カ月を、なかったことにしてしまいたい。そうしたら、この部屋にずっと閉じこもる。隣の家に着いたトラックのピーピーという音が聞こえても、この白い部屋で白いソファに座ったまま、新品の本を読みつづける。子どものころの苦い記憶を思いだして、二度とくりかえさないようにする――。

## 隣人観察　パート3

◎オリーのお父さんのスケジュール
午前九時――仕事に出かける
午後八時三十分――おぼつかない足どりでポーチから家の中へ。すでに酔っぱらっている？
午後九時――酒を手にポーチへもどる。
午後十時十五分――青い椅子に座ったまま、酔いつぶれる。
その後――よろめきながら家の中へ。

◎オリーのお母さんのスケジュール――不明
◎カラのスケジュール――不明
◎オリーのスケジュール――不明

# 五行詩

一カ月後のクリスマス直後、オリーのお父さんも引っ越していった。お父さんが数少ない段ボール箱を引越し用のトレーラー・トラックに運ぶのを、窓からながめた。どうかオリーとカラとお母さんのいるところへ引っ越しませんようにと、祈る思いだった。もぬけの殻《から》で、家族などいないのに、なぜ家はいままでどおり、しっかりした形を保っていられるのだろう。不思議に思いながら、そのあと何日も隣家を見つめつづけた。

　さらに数日たってから、ようやくオリーが前に送ってきたメールに目を通した。削除したメールは、ゴミ箱のフォルダーにまだ残っていた。

**From：genericuser033**
**To：マデリン・F・ホイッティア〈madeline.whittier@gmail.com〉**
**件名：五行戯詩**
**日時：十月十六日、午前六時十四分**

その子の名前はマデリンさ
心を槍《やり》でつつくのさ
いまわの際《きわ》につぶやくぞ
小声でこっそりつぶやくぞ
韻《いん》を踏むのは大変さ

**From：genericuser033**
**To：マデリン・F・ホイッティア〈madeline.whittier@gmail.com〉**
**件名：五行戯詩 その2**
**日時：十月十七日、午後八時三分**

隣のあの子はバブルガール
トラブルばかり持ってくる
それでも心をささげたよ

けれど心はちぎれたよ
はじけた心はどこにある

**************

声をあげて笑い、最後には泣いていた。俳句ではなく五行戯詩《リメリック》を送ってくるなんて、よほど私に腹を立てていたにちがいない。

ほかのメールは、ここまで詩的ではなかった。メールによると、オリーは外に助けを求めるよう、お母さんを説得しようとしたそうだ。妹のカラのことも、立ちなおらせようとがんばったらしい。

どれが決め手になったのかは、オリーもわかっていなかった。

このまま母さんが残るのなら、おれはこの家から出て行くと宣言したことかもしれない、と書いてあった――だれより愛してくれる相手から、離れなければならないこともあるよね。

あるいは、私が重病で、日々生きるだけで必死なことを、ようやくお母さんに打ちあけたことかもしれないそうだ。お母さんは、私のことを立派だと言ってくれたらしい。

# 最後のメールは俳句

From：genericuser033
To：マデリン・F・ホイッティア〈madeline.whittier@gmail.com〉
件名：俳句 その1
日時：十月三十一日、午後九時七分

くりかえし
言いたい五音
あいしてる

# いま、ここで

オリーの数学によると、未来は予言できない。それは過去も同じだ。時間は前にも後ろにも進んでいて、いま、ここで起きていることによって、未来も過去も変わってくる。

## 極秘メール

**From：メリッサ・フランシス医師**
**To：madeline.whittier@gmail.com**
**件名：検査結果（極秘）**
**日時：十二月二十九日、午前八時三分**

ホイッティア様

私のことは、覚えていらっしゃらないでしょうね。二カ月前、ハワイのマウイ記念病院で、数時間あなたを担当したメリッサ・フランシス医師と申します。

あなたに直接、連絡をとるのが重要だと思ってメールしました。じつは、あなたの症状を細かく調べさせてもらいました。その結果、あなたは現在も、過去も、SCID患者ではないという結論にいたりました。

さぞ、ショックを受けられているだろうと拝察します。大量の検査結果を添付しておきましたので、セカンドオピニオンを（できればサードオピニオンも）受けるように、おすすめします。

私の検査結果について、お母さま以外の医師の判断をあおぐべきです。そもそも医師は、家族の担当医になるべきではありません。

私の医学的所見を申しあげると、ハワイではウイルス感染による心筋炎の発作《ほっさ》を起こしたと思われます。あなたの発育状況から推察するに、あなたの免疫システムはかなり脆《ぜい》弱《じゃく》だと言わざるをえません。

もし疑問点があれば、いつでも遠慮なくご連絡ください。お元気で。

メリッサ・フランシス医師

文字が単語となり、私に理解のできる文章となるまでに、メールを六回読みなおした。それでも、頭が意味を受けつけない。

臨床検査結果の添付ファイルを開いてみた。すべてのデータが高すぎず、低すぎず、見事に正常範囲におさまっている。

ぜったい、なにかのまちがいだ。そんなはずはない。フランシス医師は、別人のデータとまちがえたのだ。マデリン・ホイッティアという同名同姓の別人が、きっといる。フランシス医師は、経験の浅い医師にちがいない。世間は、さりげなく、残酷なことをする。

そう思いつつ、フランシス医師のメールと臨床検査結果を印刷した。動きがスローモーションに感じたのは、たぶん気のせいだ。時間はスピードアップもスローダウンもしない。

印刷した文章は、画面上の文章となにひとつ変わらないのに、重くて説得力がある。それでも、真実のはずがない。真実である可能性は、ゼロだ。

データの意味を理解したくて、一時間ほど、各臨床試験についてネットで調べた。もちろんネットでは、臨床データが正しいかどうか、私が通常の健康体で通常のティーンエイジャーかどうか、そんなことまではわからない。

調べなくても、わかっている。すべて、なにかのまちがいだ。それでも足が勝手に動いて、階段をおりてダイニングを通過し、ママの仕事部屋へと向かっていた。仕事部屋にも書斎にもいなかったので、ママの寝室に向かい、震える手でドアを軽くノックした。返事はない。水が流れる音がする。寝る前にシャワーを浴びているらしい。ドンドン、と強くノックした。

「ママ」ノブをまわしながら、声をかける。

部屋に入ると、ちょうどママが浴室の照明を消して出てくるところだった。

私を見て、いまなおやつれたママの顔がぱっと明るくなった。顔がこけてさらに面長《おもなが》になり、ほお骨が以前よりはっきり浮きでている。私のせいでできた目の下のくまは、永遠に消えそうにない。いまはすっぴんで、髪を無造作に肩におろしていた。やせ細った体から、黒いシルクのパジャマがだらりと垂れている。

「まあ、マデリン。ママと一晩、パジャマ・パーティーをしに来たの？」

期待に満ちたママの表情に、ついイエスと言いたくなる。

さっき印刷した紙の束をふりながら、部屋の中に入った。

「マウイの医者からメールが来たの」医者の名前は覚えていたけれど、いちおう確認した。

「メリッサ・フランシス医師って人。ママ、向こうで会った？」

ママを食い入るように見ていなければ、気づかなかったかもしれない。けれどママは、たしかに、体をこわばらせた。

「そうねえ……マウイでは、おおぜいの医者と会ったから……どうだったかしら」声がかたい。

「ママ、悪いけど――」

ママは片手をあげて、私をだまらせた。「マデリン、いったいなんなの？」

私は、一歩前に踏みだした。「だからメールよ。フランシス医師は、私が病気じゃないって言ってるの」

ママは私の言葉が聞こえなかったみたいに、ひたすらこっちを見つめている。あまりにも無言なので、ねえ、聞いてる、とたずねようとしたら、ママがようやく口をひらいた。

「なんの話？」

「フランシス医師が、私はＳＣＩＤじゃないって。ＳＣＩＤ患者だったこともないって」

ママはベッドの端に腰かけた。

「あら。それでここに来たの？」ママの声はおだやかで、あわれみがこもっていた。「もしやと期待してしまったのね」いらっしゃい、と隣に座るようにうながすと、印刷した紙束をとりあげて、私を包みこむように腕をまわした。「残念だけど、それはちがうわ」

私は、ママの腕の中にしずみこんだ。そう、ママの言うとおり、つい、もしやと期待してしまった――。

ママの腕は気持ちいい。あたたかくて、守られていて、安全という気がする。

ママが私の髪をなでた。

「かわいそうに、こんなものを見せられて。まったく、なんて無責任なの」

「ううん、もう、いいの」ママの肩に顔をうずめて言った。「まちがいだって、わかってたから。期待なんか、してなかったし」

ママは体を離して、私の目をのぞきこんだ。「そうよ。まちがいなの」

ママは目に涙をためて、また私を抱きよせて言った。

「SCIDはとてもめずらしい病気で、かなり複雑なの。だれもが理解しているわけじゃない。症例もさまざまでね。症状も千差万別なの」

ママはまた体を離し、私がちゃんと理解しているかどうか、目を合わせてたしかめると、同情のこもった口調でゆっくりと言った。医者バージョンの口調だ。

「身をもって体験して、わかったでしょう？　少しの間は無事だったけれど、そのあと、緊急治療室で死にかけたものね。いい、免疫システムは複雑なの」

顔をゆがめて紙束を見て、つづけた。

「フランシス医師とやらは、あなたの病歴をすべて把握《はあく》しているわけじゃない。ほんの一部を見てるだけ。あなたと長い年月をいっしょに過ごしたわけじゃない」

ママの顔がさらにゆがむ。今回のことで、私よりも動揺しているらしい。

「ママ、だいじょうぶよ。どっちみち、信じてなかったから」

私の声は、ママにとどかなかったようだ。

「なにがなんでも、あなたを守らなければならなかった」

「うん、ママ、わかってる」これ以上、この話はしたくない。私はママの胸にもたれかかった。

「守らなければならなかったのよ……なにがなんでも」ママが私の髪に向かって言う。

二度目のママの言葉に、私は心がざわついた。

ママの声に、思いがけず、不安がにじみでていたのだ。

身を引いて、ママの顔を見ようとしたが、ママが離してくれない。

「ちょ、ちょっと、ママ……」

離れようともがいたら、ようやくママが腕をほどき、私の顔をそっとなでた。

私は、とがめるようにママを見た。「それ、もらっていい?」それ、というのは、ママがにぎっている紙の束だ。

ママは自分の手に視線を落とし、なぜこんなものがあるのかと言わんばかりに、とまどった顔をした。それでも、「こんなもの、いらないでしょうに」と言いつつ、返してくれた。

「で、パジャマ・パーティーは？」ママがベッドを軽くたたいて、たずねてくる。「いっしょにいてくれたら、うれしいわ」

でも私は、ママと同じ気分になれそうになかった。

## マデリン辞書

▼ぎねん【疑念】　1．信じない、信じられない、信じたくない真実のこと。「母親に対する疑念のせいで、彼女は一晩中眠れなかった」「世間から笑われているのではないか、という疑念がつのる」［二〇一五、ホイッティア］

## 本当の自分

カーラが部屋のドアをあけきらないうちに、印刷したメールをつきつけていた。読み進めるにつれて、カーラの目が大きく見ひらかれる。

カーラが私の腕をつかんだ。「どこで手に入れたの？」

「いいから、全部見て」医療記録や検査結果は、私よりもカーラのほうがくわしいはずだ。カーラの顔をじっと見つめ、自分の身に起きていることを理解しようとした。ママと同じように、こんなもの、と相手にしないかと思ったのに、カーラの反応はちがった。

「これ、ママに見せた？」

私は無言でうなずいた。

「ママは、なんて？」

「まちがいだって」自分の声に耳をそむけるようにして、ささやいた。

カーラは長い間、私の顔をさぐるように見つめてから言った。

「確認しないとね」

「確認って、なにを？」

「これが真実かどうかを」

「真実なんてこと、ある？　だとしたら、つまり——」

「しーっ。いまの段階では、まだなにもわからないんだから」

なにもわからない？　そんなばかな。私は病気だ。外に出たら死んでしまうから、家から出られない。昔からずっとそうだった。それが、私ではないのか？

「カーラ、どういうこと？」責めるようにたずねた。「なにをかくしてるの？」

「ううん、なにもかくしてない」

「じゃあ、このメールはなんなの？」

カーラはため息をついた。長くて、深くて、疲れきったため息だった。

「いい、マデリン、私は本当になにも知らない。でもね、ときどき、疑ってはいたわ」

「疑うって？」

「あなたのママがおかしいんじゃないかって。あなたのパパとお兄さんに起きた事件から、完全に立ち直っていないんじゃないかって」

部屋の酸素が、別のものと――うすくて、呼吸できないものと――入れかわった気がした。時間がスローダウンして、視野がせまくなる。壁が四方八方からせまってきた。カーラが遠ざかり、果てしなく長い廊下の端に小さく見える。

せまい視野のあとは、めまいが襲ってきた。立ったままふらついて、吐き気がこみあげてくる――。

浴室にかけこんで、洗面台に吐いたが、なにも出てこなかった。水でざぶざぶと顔を洗っていると、カーラが入ってきた。

カーラが背中に手を置く。その手がひどく重く感じた。私は中身のない人間。オリーが言っていたように、幽霊だ。洗面台に両手をついた。視線をあげて、鏡を見る勇気がない。鏡の中から見つめかえす少女がだれか、私にはきっとわからない。

「本当の……ことを……知りたい」別人のような声で、うなるように言った。

「一日、時間をちょうだい」カーラが私を抱きよせようとする。

けれど、私は逆らった。なぐさめも保護もいらない。

ほしいのは、真実だけだ。

## 証拠

とにかくいまは、寝ることだ。心を静めてリラックスし、眠るにかぎる。

けれど、いっこうに眠くならない。落とし戸だらけの、見なれない部屋。そこに私の脳がいて、カーラの声がぐるぐる、ぐるぐる、まわっている。あなたのパパとお兄さんに起きた事件から、完全に立ち直っていないんじゃないか——。いったい、どういうこと？

置き時計を見た。時刻は午前一時。カーラがもどってくるまで、あと七時間。カーラが来たら、いくつか血液検査をして、そのデータを私が見つけたＳＣＩＤの専門医に送ることになっている。

あと七時間。目をとじた。またあける。時刻は、午前一時一分。

じっと答えを待ってなどいられない。自分で答えを見つけるのだ。

ママの仕事部屋まで走りたいのを必死にこらえて、歩いていった。ママは眠っているはずだけど、足音で起こす危険はおかしたくない。ドアノブをつかんだ。一瞬、ドアに鍵がかかっているかもと、背筋《せすじ》が寒くなった。そのときは、待つしかない。でも、いまさら待つなんて——。

ドアノブは回った。まるで私が来るとわかっていて、部屋がずっと待っていたみたいに、すんなり入れた。

ママの仕事部屋は、きれいすぎず、汚《きたな》すぎることもなく、ごく正常だった。明らかに精神を病んでいるとわかる兆候はない。常軌を逸した、支離滅裂な、雑然とした殴り書きが、壁にびっしりと書いてある、などということはない。

部屋の中央の大きな机へと近づいた。書類棚が備えつけてあるので、そこから調べることにした。手が震える。わなななくというレベルではない。まるで大地にゆさぶられているみたいに、しっかり大きく震えている。

ママは、極端なほど、几帳面《きちょうめん》に記録を管理していた。すべて保存しているので、ほんの数冊のファイルに目を通すだけで、一時間以上かかった。大きな買い物と少額の買い物のレシート、賃貸契約書、税務書類、保証書、取扱説明書。映画の半券までとってある。

ようやく、お目当てのものが見つかった。〈マデリン〉というラベルが貼られた、一冊のぶあつい赤のファイルだ。ていねいに引きぬいて、床《ゆか》に置いた。

私の人生の記録は、ママの妊娠から始まっていた。出産前のビタミン剤のアドバイス、エコー検査、毎回の診察結果のコピー。手書きのインデックスカードには「男の子」と「女の子」というチェックボックスが書いてあって、「女の子」のほうにチェックが入っていた。私の出生証明書もあった。

くまなく見ていくうちに、私が病弱な赤んぼうだったことがすぐにわかった。小児科にかかった、おびただしい記録が続々と出てきた。発疹《はっしん》、アレルギー、湿疹《しっしん》、風邪《かぜ》、発熱、二回の耳炎。すべて、生後四カ月にもならないうちにかかっていた。授乳と乳児睡眠の専門医師の領収書も複数あった。

生後六カ月になるころ――パパとお兄ちゃんが亡くなってから、ちょうど一カ月後だ――RSウイルスにやられて、病院にかかっていた。RSウイルスとはなんなのか、あとでネットで調べなければ。このときは、三日間も入院するほど重症だった。

このあと、ママの記録管理は雑になった。RSウイルスのウェブ情報のプリントアウトが一枚。「免疫不全の患者の場合、RSウイルスは重篤《じゅうとく》な症状を引き起こす」という説明のくだりに丸がつけてある。ＳＣＩＤに関する医学雑誌の記事の、最初の頁《ページ》のコピーが一枚。余白にあるママの殴り書きは判読不能。あとはアレルギー専門医を一度と、三人の免疫学者を訪ねただけ。そのすべてが、とくに病気にはかかっていないという結論に達していた。

以上で、ファイルは終わっていた。

もっとファイルはないのかと、書類棚をかきまわした。これだけなんて、納得がいかない。もろもろの臨床検査結果は？　四人目の免疫学者は？　診断結果は？　さらなる診断とセカンドオピニオンは？　ぶあつい赤のファイルが、ほかにもなければおかしい。書類棚のファイルを三回、四回と引っかきまわした。ほかのファイルも次々と床《ゆか》にばらまいて、くまなく探した。机の上の書類もかきまわした。線や丸がつけられた段落はないかと、医療雑誌もざっと見た。

書棚にかけよったときには、呼吸が速くなっていた。書棚の本をつぎつぎと引きぬき、なにかはさまっていないかと祈る思いで、背を持って本をふった。まぎれこんだ臨床検査結果とか、正式な診断書とか、はらりと落ちてくれば——。だが、なにも落ちてこない。

とはいえ、診断書や検査結果がないというだけでは、決め手に欠ける。

決定的な証拠は、ほかにあるのかもしれない。ママのパソコンのパスワードは、一発で当てられた。〈Madeline（マデリン）〉だ。ママのパソコンの中にある書類をすべて調べるのに、二時間かかった。ネットのブラウザーの履歴や、ゴミ箱のフォルダーもチェックした。

なにもない。

なにひとつない。

私がたどってきた人生の軌跡は、どこ？

仕事部屋の中央でつま先立ちして、ゆっくりと一回転した。この目で確かめたものが信じられない。この目で見なかったものも信じられない。なぜ、なにもないの？　私の病気は、ある日とつぜん、ふってわいたとか？

そんなはずはない。そんなのは、ありえない。

ひょっとして……病気じゃないとか？　ううん、そんなことは考えたくない。

残りの記録は、ママの寝室に置いてあるとか？　きっとそうだ。なぜ、気づかなかったのだろう？　いまの時刻は、午前五時二十三分。ママが起きだすまで、待てる？　ううん、待てない！

ママの寝室に行こうと決めたそのとき、ドアがあいた。

「ああ、ここにいたのね」ママは、明らかにほっとした声で言った。「もう、心配したのよ。部屋にいないんだもの」部屋に入ってきたママは、乱雑ぶりに気づいて、目を見ひらいた。

「えっ、なに？　地震？」自然災害ではないことに気づくと、とまどいながら私のほうを見ママは、落ちつくために深呼吸をした。

「ママ、検査記録はどこ？」

私は、ママのなにを責めているのだろう？

「ちょっと、なんなのよ？」

「そうよ。カーラもよ。ママはおかしいのかもしれないって言ってたわ」

「まだ、あのメールにこだわっているの？」

ママの不安は、絶望とかすかな哀れみに変わった。

「ちがう。そうじゃない。私はＳＣＩＤなの？」

ママの傷ついた顔に少し心が痛んだけれど、ひるまずに言った。

熱をはかろうと、手をのばしてくる。その手を、私ははらいのけた。

「マデリン、具合が悪いの？」

「だから、私は病気なの？」さっきよりも大きな声で問いつめた。

すると、ママの怒りがすっと消え、不安にとってかわった。

「いま、なんて？」

「ママ、私は病気なの？」耳の中で、血液がドクドク……と大きな音を立てている。

た。「マデリン、なにがあったの？」

「マデリン、あなた、なんの話をしているの？」

「これだけ記録がそろってるのに、ＳＣＩＤの記録だけない。なぜ、なにも見つからないの？」床《ゆか》から赤いファイルをひろって、ママにつきつけた。「ほかの記録は、全部そろってるのに！」

「もう、なんの話をしてるのよ？　そこにあるに決まってるでしょ」

どんな答えを期待していたのか、自分でもよくわからないが、これじゃない。ママは本気で、このファイルにすべてそろっていると信じているのか？

ママはファイルを自分の体に同化させるように、きつく抱きしめた。

「あなた、ちゃんと見たの？　すべて、とってあるわよ」

ママは机まで行くと、物をどけてファイルを置いた。じっと見つめる私の目の前で、中身をたしかめ、整理しなおし、しわなどないのに、一頁《ページ》ずつしわをのばしていく――。

やがて顔をあげて、私を見た。

「あなたが取りだしたの？　たしかに、ここにそろっていたのに」

ママの声は大いにとまどい、同時におびえきっていた。

その瞬間、私は確信した。

私は病気じゃない。最初から病気じゃなかったのだ。

## 外へ

ママの仕事部屋から飛びだした。目の前の廊下は、果てしなく長かった。

たどりついた気密室は風がない。外に出ると息の音がしない。

私の心臓は鼓動しない。

空っぽの胃から吐いた。胃液が喉《のど》の奥を焼く。

涙に濡れた私の顔を、朝の風が冷やす。

笑っている私の肺に、朝の冷気が入りこむ。

私は病気じゃない。最初から病気じゃなかった——。

この二十四時間、おさえてきたあらゆる感情が、一気にあふれてきた。希望と絶望、期待と後悔、喜びと怒り。なぜ、正反対の感情を同時に抱けるのだろう？　いまの私は、真っ黒な海で救命胴衣をつけ、同時に片脚が錨《いかり》でしずみ、必死にもがいているようなものだ。

ママが追いかけてきた。恐怖のあまり、別人のような顔になっている。

「なにしてるの？　なにしてるのよ？　早くもどって！」

視野がせばまっていき、ママだけになった。

「なぜ？　なぜ、もどらなきゃいけないの？」

「病気でしょ！　外に出たら、なにが起こるかわからないのよ」

ママが私を引き寄せようとする。その腕から、すばやく離れた。

「いや！　ぜったい、もどらない！」

「お願いよ」ママは、すがりつくように言った。「あなたまで、失うわけにはいかないの。ほかは全部、失ったんだから」

ママの目は私のほうを向いていたけれど、明らかに私をとらえていなかった。

「失ったのよ……パパも、お兄ちゃんも……そのうえ、あなたまで……だめよ、耐えられない」

ママの顔がくずれ、ばらばらになった。ママの顔をつなぎとめていたものが、とつぜん壊滅的な打撃を受けて、完全に崩壊した。

ママは壊れた。もう、ずっと前から壊れていた。カーラの言うとおり、パパとお兄ちゃんの死から、完全に立ち直っていなかったのだ。

私はなにか口走っていた。自分でも、なにを言っているか、わからない。けれどママは、おかまいなしにしゃべっていた。

「パパとお兄ちゃんが死んだ直後、あなたは具合が悪くなった。すごく、すごく悪くなったのよ。息づかいがおかしくて……。緊急治療室に車でかけつけて、そこから三日間、出られなかった。でもね、医者はこぞって、どこが悪いかわからないって言うの。たぶんアレルギーだろうって、アレルゲンのリストをわたされたわ。でもね、私にはわかっていた。アレルギーなんかじゃないって」

ママは、うんうん、とうなずいて、つづけた。

「そうよ、アレルギーなんかじゃない……。あなたを守らなければならなかった……なにがなんでも、守らなければ……。外にいたら、なにが起こるか、わかったものじゃない」

ママは、あたりをきょろきょろと見まわして、さらに言った。

「ほら、なにが起こるかわからないのよ。外の世界では、ね？」

ママは哀れだ。そう思わないといけないのだろう。けれど、憐憫《れんびん》の情はわかなかった。すさまじい怒りがこみあげ、すべてを凌駕《りょうが》し、私は絶叫した。

「私は病気じゃない！　最初から病気じゃなかった！　病気なのはママのほうよ！」

私の絶叫が、ママの前の空気を切り裂く。私の目の前で、ママはどんどん、どんどん、ちぢんでいって、とうとう消えた。

「中に……もどって」ママの声は、ささやきにしかならなかった。「ずっと……守ってあげるから。いっしょに……いて。ママには、もう……あなたしか……いないの」

ママの苦しみは無限だ。その苦しみは、世界の果てへと落ちていく。

ママの苦しみは死の海だ。
ママの苦しみは、私を思うがゆえのもの。けれど私には、もう耐えられない。

## おとぎ話

昔々、あるところに、偽《いつわ》りだらけの人生を送った少女が住んでいました。

## 虚無

一瞬にして出現する宇宙は、一瞬にして消えかねない。

# 始まりと終わり

あれから四日たった。私は食事し、課題をこなしている。読書はしない。ママは記憶喪失にでもなったように徘徊《はいかい》している。なにが起きたか、いまだに理解できないのだろう。私に負い目があるという意識はあるようだけど、どういう負い目なのかはわかっていない。ときどき話しかけてくるけれど、私はすべて無視し、顔さえろくに見ていない。

真実を知ったあの日の朝、カーラが私の血液サンプルをＳＣＩＤ専門のチェース医師に送った。いまはそのチェース医師の医院の待合室で、カーラといっしょに呼ばれるのを待っている。チェース医師の診断は予測がつくが、診断が確定するとなると、やはりこわい。

ＳＣＩＤ患者でないとしたら、これからの私は何者？

看護師に名前を呼ばれた。カーラには、待合室で待っていてくれるようにたのんだ。理由はともかく、診断はひとりで聞きたい。

診察室に入っていくと、チェース医師が立ちあがった。チェース医師はネットで見た写真の通りだった。白いものがまじった髪に、きらめく黒い瞳を持つ、年配の白人男性だ。

チェース医師は同情と好奇心のいりまじった視線を向けてきた。おかけください、と椅子をすすめ、私が座るのを待って自分も腰かける。

「あなたの症状ですが……」そう切りだして、口ごもった。

緊張しているのだ。

「あの、先生、だいじょうぶです。私、もう、知ってますから」

チェース医師は机の上のファイルを開き、いまだに検査結果にとまどっているかのように、首を横にふった。

「あなたの検査結果については、再三再四、検証しました。完璧を期するために、複数の同僚にも確認してもらいました。ミズ・ホイッティア、あなたは病気ではありません」

チェース医師が言葉を切って、私の反応をうかがう。

私は、医師に向かってうなずいた。「やはり、そうなんですね」

「カーラから……カーラ・フローレス看護師から、あなたの生育環境について、くわしく聞いています」できればつづきを言いたくないといわんばかりに、チェース医師はわざとらしくファイルをめくった。「あなたのお母さんは、医師として、この事実を把握《はあく》していたと思われます。たしかにＳＣＩＤは非常にまれな疾患《しっかん》で、症例も多岐《たき》にわたりますが、あなたにはＳＣＩＤの明確な兆候がただのひとつもありません。もしお母さんが少しでも研究や検査をしていたならば、気づいていたはずです」

診察室が遠のいていき、気づいたら周囲はなんの変哲もない白一色の風景に変わっていた。ところどころにドアがあいていて、ドアの先にはなにもない――。

ようやく我に返ったら、チェース医師がこっちを見つめ、私の言葉を待っていた。

「あの、すみません。なにか、おっしゃいましたか？」

「はい。ききたいことがおありかと」

「ハワイでの発作《ほっさ》は、なんだったんですか？」

「人はね、体調をくずすものなんですよ、マデリン。通常の健康な人でも、ふつうに体調をくずすんです」

「でも、心臓がとまったんですよ」

「そうですね。おそらく心筋炎でしょう。ハワイの担当医とも話をしたんですが、同じことを言っていました。基本的にはどこかの時点でウイルスに感染し、心臓が弱ったと考えられます。ハワイにいた時、胸に痛みを感じたり、息切れしたりしませんでしたか？」

「あっ……はい」ゆっくりと答えた。そうだ、心臓をしめつけられるような痛みを感じたのに、あえて無視したんだった――。

「まあ、心筋炎がもっとも可能性が高いでしょう」

チェース医師への質問は、とりあえずいまはない。私は立ちあがった。

「ありがとうございました、先生」

チェース医師も立ちあがった。動揺していて、さっきよりも緊張しているように見える。

「もうひとつだけ、いいかな」

私は座りなおした。

「これまでの生育環境からすると、あなたの免疫システムの状態がよくわからないんですよ」

「と言うと？」

「発育が遅れている可能性があると考えています。新生児の状態のように」

「新生児？」

「あなたの免疫システムは、これまでずっと、ウイルスや細菌にさらされていませんよね。つまり、ウイルスや細菌の感染と戦った経験がなく、強くなるチャンスがなかったわけです」

「じゃあ、私はまだ病気なんですか？」

チェース医師は椅子によりかかって言った。

「その点は、はっきりお答えできません。未知の領域なもので。このようなケースは聞いたことがないんですよ。免疫システムが健全な人よりは、病気になりやすいのかもしれないし、病気になった場合、重症になるかもしれません」

「どうすれば、わかるんですか？」

「つきとめる方法はありません。とにかく、気をつけることです」

チェース医師の医院には、外来で毎週通うことになった。外の世界には、くれぐれも少しずつ慣れていくようにと、チェース医師に釘《くぎ》を刺された――人混みはさけること。知らない食べ物は口にしないこと。過度の運動はひかえるように。

診察室を出ていく私に、チェース医師は言った。

「いいですか、世界はどこへも逃げていかないんですからね」

## 死

それからの数日間は、ひたすら情報をさがした。

私とママに起きたことを説明してくれる情報なら、なんでもよかった。ママの頭の中を、まともに読める文字でさらけだした日記がほしい。ママの狂気がたどった道筋と、私自身の道筋をたどれるように、ママの狂気をわかりやすく解説してほしい。細かいところまで、きちんと説明してほしい。とにかく、なぜ、どうして、こんなことになったのかを知りたい。なにが起きたのか、どうしても知っておきたい。

それなのに、本人の口からは聞きだせない。ママは壊れてしまった。もしママが自分の口で語れるとしたら？　なにか変わる？　なにか理解できるようになる？　私から人生を丸ごと奪いかねなかったママの悲しみと恐怖の深さを、理解できるようになる？

チェース医師によると、ママには心理療法のセラピストが必要らしい。これまでのことをママが正確に語れるようになるには、かなり時間がかかるそうだ。パパとお兄ちゃんが死んだあと、ママは精神をむしばまれてしまったのではないかと、チェース医師は考えている。カーラはあらんかぎりの言葉を駆使《くし》して、私が家を出ないよう、説得にかかった——ママのためだけじゃなく、あなたのためでもあるの。あなたの健康状態は、まだわからないんだから。そうでしょ、ね？

オリーにメールしようかと思ったけれど、あまりにも時間がたちすぎたし、嘘もついた。きっともう、ふんぎりをつけているにちがいない。たぶん、次の人を見つけているだろう。正直に言うと、私は、これ以上の悲しみに耐える自信がない。会ったところで、なんて言えばいい？　私、病気じゃなくなったの、とでも言う？

結局、カーラに説得されて、ママと家に残ることにした。あなたはママを見捨てるような子じゃない、とカーラは言うけれど、私にはそうは思えない。真実をつきとめる前の私は、もう、死んでしまったのだから。

## 死後一週間

チェース医師の週一回の外来に初めて行ってきた。くれぐれも気をつけるようにと、またしても強く注意された。

寝室のドアに鍵をつけた。

## 死後二週間

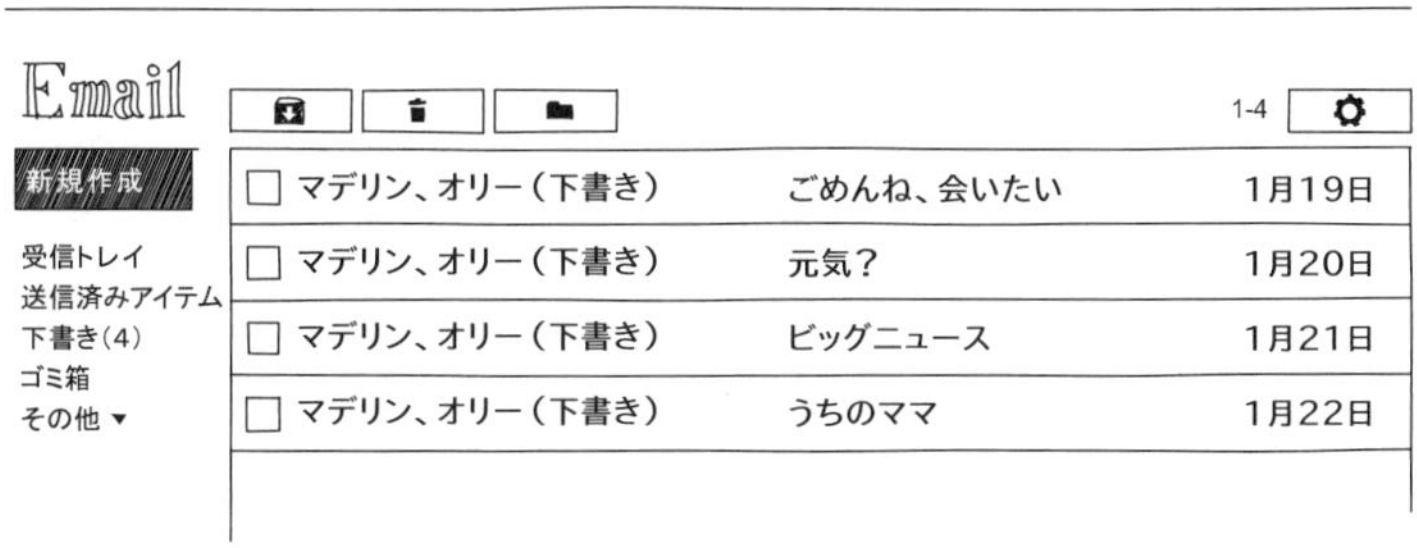

Email
新規作成
受信トレイ
送信済みアイテム
下書き(4)
ゴミ箱
その他 ▼
1-4
マデリン、オリー(下書き)　ごめんね、会いたい　1月19日
マデリン、オリー(下書き)　元気?　1月20日
マデリン、オリー(下書き)　ビッグニュース　1月21日
マデリン、オリー(下書き)　うちのママ　1月22日

## 死後三週間

ママが寝室に入ってこようとしたけれど、ドアは鍵がかかっていて開かない。

結局、ママは去っていった。

送信することのないオリーへのメールをさらに書いた。

チェース医師からは、あいかわらず、くれぐれも気をつけるようにと注意されている。

## 死後四週間

寝室の壁を、それぞれちがう色に塗りかえた。窓のある壁は、あわいバターイエロー。書棚のある壁は、ピーコックブルー。書棚はサンセット・オレンジに塗った。ベッドの頭側の壁はラベンダー。残るひとつの壁は、黒板の塗料を使ってブラック。

ママがドアをノックしたけれど、聞こえないふりをした。

結局、ママは去っていった。

## 死後五週間

サンルーム用に本物の植物を注文した。エアフィルターはリセットし、窓をあけた。金魚を五匹買って、そのすべてにオリーと名前をつけて、小川に放流した。

## 死後六週間

高校への入学はあまりにも早すぎると、チェース医師に強くとめられた。多種多様な病原体を持つ大勢の生徒にさらされるのは時期尚早《しょうそう》だ、というのだ。ならば、相手が健康という条件つきで、スカイプで授業を受けている先生たちと直接会わせてくれと、カーラとふたりがかりで説得にかかった。

チェース医師は、しぶしぶながら、みとめてくれた。

## 家庭精神医療サービス

カリフォルニア州サンタモニカ、ブラフ通り33番地

マーガレット・スティーブンソン医師、ABPN会員

2016年2月23日　午後4時19分　　頁1／1
提出日　2016年2月26日　午後8時30分

患者名　ポーリーン・ホイッティア（女性　51歳）

概要
患者はようやく、夫と息子が死亡した夜について話せるようになった。ただし、いまだに現在形で話すことがある。ひきつづき治療の必要あり。

発言記録
警官は緊張すると銃をさわるってご存じ？　癖なのよ。警官たちがギャングや強盗犯を緊急治療室に運んでくるとき、いつもそうだから気づいたの。銃にさわると落ちつくんじゃないかしら。

あの日も……あのときも、警官が二名、うちに来た。男性警官と女性警官がひとりずつ。わざとなのかしらね？　男性と女性、ひとりずつというのは。しゃべったのは女性警官だけ。その間ずっと銃をさわっていた。私のことを、奥さん、って呼んでね。悪い知らせをわざわざ言わずにすむよう、察してほしかったんでしょうね。

私は医者。職業柄、悪い知らせを告げるのは慣れている。けれどあの警官は慣れてなくて、ひたすらしゃべりつづけた。何があったかを、ひたすら……。

でも、私はその場にいなかった。子ども部屋のマデリンの元へもどって、マデリンのお腹をさすっていた。あの子、また具合が悪くなってね。いつも具合が悪いの。耳感染。下痢。気管支炎……。

だらだらとしゃべりつづける女性警官には、だまってほしかった。とにかく、なにもかも、とまってほしかった。泣きつづける赤んぼうも、病気も、病院通いも、死も。

とにかく、なにもかも、とまってくれればそれでいい。たまには、とまって。

FD：EM

# アルジャーノンに花束を

一週間後——。芝の庭をつっきって、自分の車へともどっていくウォーターマン先生を、カーラとともに見送った。別れぎわに抱きしめたら、先生は驚いた顔をしたけれど、とくになにも言わず、ごくあたりまえのように抱きかえしてくれた。

先生が走りさったあとも、しばらく外にいた。カーラもだ。私に言いたいことがあるのだが、すでに傷ついた私の心をどうやったらこれ以上傷つけずに切りだせるかと、言葉をさがしている。

「あのね、マデリン……」

言いたいことは、わかっている。カーラは、朝からずっとタイミングをはかっていた。

「お願い、いなくならないで。カーラがいてくれないと、まだだめなの」

カーラの視線を感じるけれど、つらくて顔を見られない。

カーラは私の言葉を否定はせず、私の手を両手で包みこんだ。

「マデリン、もし本当に、心からそう思うのなら、残るわ」私の指をぎゅっとにぎる。「でも、もう私は必要ないでしょ」

「これからもずっと、ずーっと、必要よ」私は、こぼれる涙をおさえようともしなかった。

「でも、昔ほど必要じゃないわよね」カーラがそっと言う。

もちろん、カーラは正しい。昔のように、一日八時間、そばに張りついてもらう必要はない。つきっきりで面倒を見てもらう必要もない。それでも、カーラがいなくなったら、どうしたらいい？

すすり泣きからむせび泣きへと変わった私を、カーラはしっかり抱きしめて、涙がかれるまで泣かせてくれた。

「カーラは……これから……どうするの？」

カーラは、私の顔を手でぬぐった。

「そうねえ、病院勤務にもどろうかしら」

「ママには、もう言ったの？」

「ええ、今朝」

「ママは、なんて？」

「あなたの世話をしてくれて、ありがとうって」

しかめ面《つら》をかくそうともしない私のあごを、カーラは持ちあげて言った。

「いつになったら、ママをゆるす気になるの？」

「ママがしたことは、ゆるせないわ」

「ママは病気だったのよ、マデリン。いまも病気なの」

私は首を横にふった。「私から全人生をうばったのよ」

失ってしまった長い年月のことを思うと、いまでも、巨大な裂け目の縁《ふち》に立たされている気分になる。いつ落ちてもおかしくなくて、落ちたら二度と這《は》いあがれない、とてつもなく深い裂け目の縁に——。

カーラにそっとつつかれて、現実に引きもどされた。

「全人生を奪われたわけじゃない。あなたの人生は、まだまだ、これからよ」

いっしょに家の中にもどり、またしても荷物をまとめるカーラについてまわった。

「ねえ、カーラ、『アルジャーノンに花束を』を読んでくれた？」

「ええ」

「気に入った？」

「ううん。私の好みの本じゃない。希望が足りないわ」

「読んで、泣いたでしょ？」

カーラは首を横にふったあとで、告白した。「はいはい、泣いたわよ。赤ちゃんみたいに、わんわんと」

いっしょに声をあげて笑いあった。

## プレゼント

さらに一週間後――。ママが寝室のドアをノックした。私はソファに座ったまま、動かなかった。ママがやけにしつこく、またノックする。

怒りがふつふつとわいてきた。このさき、ママとの関係が改善するかどうか、わからない。ママが自分の罪を完全に理解していない以上、ゆるす気にはなれない。

ママがまたノックしようとした瞬間、私はドアを荒々しくあけた。「いそがしいんだけど」

ママが、うっとひるむ。でも、かまわない。いくらでも傷つけてやりたい。怒りは、決して消えない。時がたてば薄れるとは思うが、一皮めくれば、たぶん常にそこにある。

ママは息を吸いこんだ。「あのね……プレゼントがあるの」困惑しきった、いまにも消えそうな声だ。

私は、わざとあきれ顔をした。「そんなもので、手なずけられるとでも思ってるわけ?」

またママを傷つけた。ママの手の中で、プレゼントが震えている。一刻も早く会話を終わらせたくて、受けとった。さっさとママと別れて、部屋に閉じこもりたい。哀れみとか、共感とか、同情とか、そういう感情を強いられたくない。

立ちさりかけたママが、ふと、足をとめて言った。

「マデリン、ママはいまでもあなたを愛してる。あなただって、いまでもママを愛してるのよ。あなたの人生は、まだまだこれから。長い人生を無駄にしないで。ママをゆるして」

## 始まりは終わり、終わりは始まり

――


ママからのプレゼントをあけたところ、携帯電話だった。週間天気のアプリがダウンロードしてある。今週は、毎日晴天らしい。

たまらなくなって外に出て、無意識のうちにある場所に向かっていた。幸いにも、はしごはオリーが置いていた場所にある。それを使って、隣家の屋上にのぼった。

オーラリ――惑星の運動をしめす太陽系儀――は、まだ残っていた。あいかわらず美しい。つりさげられたアルミ箔製の太陽と月と星が風にそよぎ、より大きな宇宙に向かって陽光を反射している。惑星のひとつをそっとおすと、オーラリ全体がゆっくりと回転した。オリーがこれを作った理由がわかった。世界全体を一望し、太陽や月や星のひとつひとつがきれいにはまっているのを見ると、心が落ちつく。

前にここに来たのは、本当にたった五カ月前？　一昔前、はるか昔のような気がする。あのとき、ここにいた女の子は？　本当に私？　当時の私といまの私に、容姿と名前以外の共通点がなにかある？

幼かったころは、よくパラレルワールドにいる自分を想像して楽しんだ。花を食べたり、ひとりでハイキングに出かけて何キロも丘をのぼったりする、バラ色のほおをしたアウトドア派の私。アドレナリンに刺激されて、スカイダイビングやモータースポーツに興じる、命知らずの私。鎖《くさり》かたびらをつけて剣をふりまわす、竜退治の騎士の私——。すでに自分の立場を知っていたので、ありえない自分をいろいろ空想して楽しんだ。

けれどいまは、なにもわからない。すっかり変わった新たな世界で、どういう人間になればいいのかわからず、ひたすら途方にくれている。

そもそもの発端《ほったん》はどの時点だろうと、ずっと考えている。発端とは、私の人生の路線を決定づけた瞬間のことだ。パパとお兄ちゃんが死んだ時？　それより前？　事故当日、パパとお兄ちゃんが車に乗りこんだ時？　お兄ちゃんが生まれた時？　ママとパパが出会った時？　ママが生まれた時？　もしかしたら、ぜんぜんちがうのかも。事故を起こしたトラックの運転手が、危険なほどは疲れていないと判断した時とか？　そもそもその人がトラック運転手になろうと決めた時？　あるいは、運転手が生まれた時？

それとも、無数の瞬間が重なって、私のこの人生につながったとか？

もし過去のある瞬間を変えられるとしたら、どれにするだろう？　そこを変えたら、自分の望みどおりになる？　変えてもなお、マディになる？　この家に住んでいる？　オリーという名の男の子が隣に引っ越してくる？　オリーと恋に落ちる？

カオス理論によると、初期条件のほんのささいな違いでも、予測不能の結果を引きおこしかねないらしい。いま、一匹の蝶が羽ばたきをすると、将来ハリケーンが起こるかもしれない。

それでも――。

もし運命を決定づけた瞬間を特定できるのなら、その瞬間をひとつひとつ、分子レベルまで解体し、原子レベルまでほりさげて、これ以外にありえないという核をつきとめられると思う。そこまで分解して、理解できるとしたら、ピンポイントで変えられるだろう。

そうしたら、ママに手をくわえ、ママの精神が壊れないようにできるかもしれない。

すべての終わりで、すべての始まりにあたるいま、なぜこの屋上に座るようになったか、理解できるかもしれない。

# 未来完了形　パート2

From:Madeline F.Whittier
To:genericuser033@gmail.com
件名：未来完了形2
日時：三月十日、午後七時三十三分

あなたがこれを読むころには、きっと私をゆるしてくれているわよね。

## 離陸

## 許し

飛行機の窓から外をのぞくと、真四角に区分けされた広大な緑地が見えた。いたるところに、縁がきらめく不思議な青緑色の池がある。はるか上空からだと、世界は意図的に整頓《せいとん》されているように見える。

でも、世界はそれだけじゃない。せいぜいそんなものともいえる。世界は調和がとれていて、混沌としている。美しくて、奇怪だ。

飛行機での移動は時期尚早《しょうそう》だと、チェース医師は良い顔をしなかった。けれど、人生はいつなにが起こるかわからないし、安全がすべてでもない。人生には、ただ生きていることよりも重要なことがある。

ママの名誉のために言っておくと、きのうの晩、この旅行について打ちあけたとき、ママはとめようとはしなかった。私が病気ではない、という事実をいまだに信じきれずにいるけれど、恐怖と狼狽《ろうばい》をまとめて飲みこんだ。目下、医師としてのママの頭脳は、長い年月信じてきた妄想と——大勢の医師の診断や、大量の検査結果をものともせず、ひたすら信じてきた妄想と——うまく折り合いをつけようと、悪戦苦闘しているところだ。

私も目下、ママの立場に立って、原因から結果を導くのではなく、結果から原因をつきとめるゲームをしている。そのゲームで、どんどんさかのぼっていくと、最終的にいつも同じものに行きつく。

愛だ。

愛は人を狂わせる。

失った愛も人を狂わせる。

ママはパパを愛していた。人生をかけて愛していた。お兄ちゃんのことも、人生をかけて愛していた。そしていまは、私を愛している。人生をかけて愛している。

ママは、パパとお兄ちゃんを天にうばわれた。一瞬ですべてが無になるこの体験は、まさにビッグバンの逆バージョンだ。

それは理解できる。

だいたいは。

理解しようとはしている。

「いつ、家に帰ってくるの？」とたずねたママに、私は正直に答えた。

「ここを家と呼べるのかしらね」

ママは涙を流したけれど、引きとめはしなかった。その点は、進歩したといえるだろう。

雲が厚くなり、なにも見えなくなったので、座席にゆったりと座って、『星の王子さま』を再読した。いつものことながら、今回も『星の王子さま』の解釈が変わった。

## 〈命短し〉TM：マデリンによるネタバレ書評

『星の王子さま』　アントワーヌ・ド・サン＝テグジュペリ著
ネタバレ注意：　愛情は何物にも代えがたい。愛はすべてだ。

# この人生

土曜日の午前九時という早い時間でも、ニューヨークは評判どおり、騒々《そうぞう》しくて混みあっていた。どの通りも渋滞中で、あちこちでクラクションが鳴り響く。歩道でもおおぜいの通行人が、なにかの演出のように、衝突をぎりぎり回避しながら行き交っている。

タクシーの後部座席に座ったまま、ニューヨークという町の騒音とにおいに浸《ひた》った。瞳に映る世界をすべて取りこみたくて、目を見ひらいていた。

オリーには具体的なことは言わず、あなたの家の近所の古書店にプレゼントを用意した、とだけ伝えてあった。飛行機の中ではほぼずっと、オリーとの再会パターンを想像していた。どのパターンでも、再会して三十秒以内にキスしていた。

〈イーオールド書店〉の前でタクシーを降りた。書店のドアをあけたとたん、この書店には足しげく通うことになると確信した。

こぢんまりとした一部屋だけの店。床《ゆか》から天井まで書棚がずらりとならび、どの書棚も本があふれかえっている。店内は薄暗く、各書棚にペンライトがとりつけられ、本だけが浮かびあがる仕掛けになっていた。店内には、かいだことのないにおいが漂《ただよ》っている。一言で言うと、古いにおい。はるか昔からずっとここに店がある、と思いたくなるにおいだ。

オリーとの約束の時間まで、まだ十五分ある。大量の本に見とれながら、通路をあちこち歩きまわった。すべての本をいっぺんに触りたい。ここにある本の読者リストに、自分の名前をくわえたい。本の背を指でなぞってみた。使いこまれてぼろぼろで、題名をまともに読めない本もある。

携帯電話で時刻をたしかめた。そろそろだ。〈S－U〉の列の端にかくれた。例の蝶たちが舞いもどり、胃の中で暴れまくっている。

一分後――。棚を確認しつつ、通路をゆっくりと歩いてくるオリーの姿が、目に飛びこんできた。

髪がのびていた。顔のまわりでふわふわと大きくカールして、顔だちをやわらげている。今日は黒一色じゃない。ジーンズとスニーカーは黒だけど、Tシャツはグレーだ。なんとなく背ものびた気がする。

この数週間で、カーラとさよならしたり、チェース医師の反対をおしきって家を離れたり、悲しむママを残して来たり、いろいろあったけれど、オリーが以前とちがっていることは、なによりもショックだった。

なぜ、オリーはなにも変わっていないと、勝手に思いこんでいたのだろう。そういう私こそ、こんなに変わったのに。
オリーが携帯電話をとりだして、私からの指示をまた読んだ。

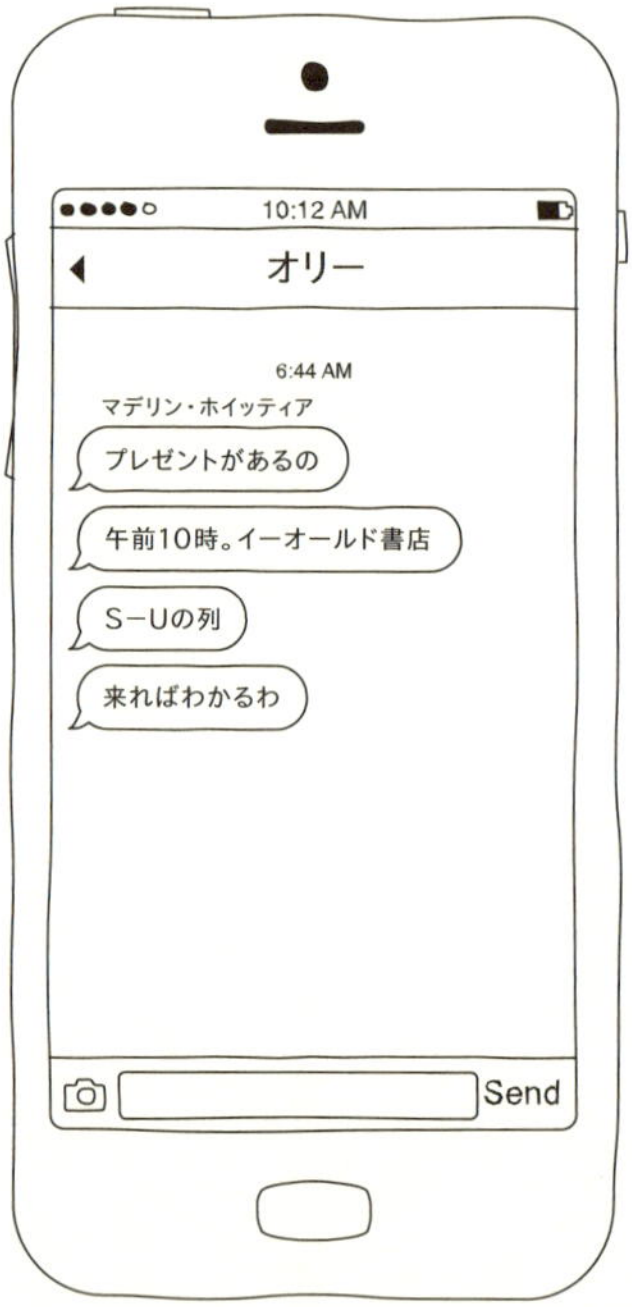


オリーが携帯電話をポケットにしまって、棚へと視線をもどす。
私はオリーがぜったい見落とさないよう、ある本を、表紙を前にして、棚に置いた。
果たして、オリーは見落とさなかった。けれどすぐには手にとらず、両手をポケットにつっこんで、ひたすら見つめている。
数日前、太陽系儀のオーラリを見つめながら、私の人生を決定づけた瞬間をつきとめようと、一所懸命考えた。なぜ、ここに行き着くことになったのかという問いの、答えとなる瞬間だ。

けれど、私の人生を決定づけたのが、たったひとつの瞬間のはずがない。一連のいろいろな瞬間のはずだ。人生は、瞬間のひとつひとつから、無数に枝分かれしていく。人生のすべての岐路で、自分が選んだ道と選ばなかった道のそれぞれに、人生があるのかもしれない。

たとえば、私がなんの病気でもない人生。

ハワイで死ぬ人生。

あるいは、パパとお兄ちゃんがまだ生きていて、ママが壊れていない人生。

オリーがいない人生だって、ないとはかぎらない。

けれど、私のこの人生には、オリーがいる。

オリーがポケットから両手を引きぬき、棚から本をとって、読みはじめた。にやりとし、足指の付け根に体重をかけて、軽く体を上下にゆすっている。

私は姿をあらわして、オリーのほうへ歩いていった。

オリーのほほえみを見られただけで、生きていて良かったと心から思う。

オリーが言った。「きみの本、見つけたよ」

→ この本を見つけた人への謝礼

- ~~モロキニ島沖でハワイ州の魚フムフムヌクヌクアプアアを見つけるために、私（マデリン）とシュノーケルで潜る。~~
- ~~私（マデリン）と古書店に行く。~~
- 私（マデリン）。

# 星の王子さま

アントワーヌ・ド・サン＝テグジュペリ 著／イラスト

フランス語版よりリチャード・ハワード 訳

ハーベストブック
ハーコート社
オーランド　ニューヨーク　サンディエゴ　トロント　ロンドン

【完】

作者

ニコラ・ユン　Nicola Yoon

ジャマイカ島とブルックリン（ロングアイランド）育ち。

現在は、本作品のイラストを担当した夫と、夫婦そろって熱愛している娘とともに、ロサンゼルスに在住。

Everything,Everything はデビュー作。

画家

デービッド・ユン　David Yoon

作家兼デザイナー。

妻ニコラ・ユンとともにロサンゼルスで、物語について語りあったり、３歳になる娘に読み聞かせをしたりして暮らしている。

Everything, Everything のイラスト担当。

訳者

橋本恵（はしもと・めぐみ）

翻訳家。東京大学教養学部卒。主な訳書に「ダレン・シャン」シリーズ、「デモナータ」シリーズ、「クレプスリー伝説」（以上、小学館）、「アルケミスト」シリーズ、「スパイガール」シリーズ（以上、理論社）、「地底都市コロニア」シリーズ（学研プラス）、「１２分の１の冒険」シリーズ、「カーシア国」三部作（以上、ほるぷ出版）がある。

# Everything, Everything わたしと世界のあいだに

著者　ニコラ・ユン
画家　デービッド・ユン
翻訳　橋本恵

2017年5月17日　第1刷発行

発行者　松浦一浩
発行所　株式会社静山社
〒102－0073　東京都千代田区九段北1－15－15
電話・営業　03－5210－7221
http://www.sayzansha.com

日本語版デザイン　藤田知子
組版　アジュール
印刷・製本　中央精版印刷株式会社


落丁・乱丁の場合はお取り替えいたします。
Published by Say-zan-sha Publications, Ltd.
ISBN978-4-86389- 382-5 Printed in Japan

# EVERYTHING, EVERYTHING

## わたしと世界のあいだに

ニコラ・ユン　橋本恵◆訳

静山社